ラスプーチンの庭

Nakayama Shichiri

Garden of Rasputin

中山七里

角川書店

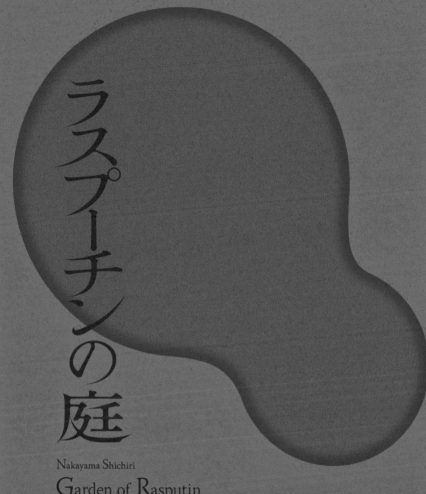

ラスプーチンの庭

目次

装丁　高柳雅人

Cover Photo : ©Natasha V/Masterfile/amanaimages
©アフロ

一　黙示

1

汲田《くみた》姉妹の仲の良さは近所でも評判だった。年齢は一つ違い、姉のグーちゃんは父親似で妹のユーちゃんは母親似。並んでいても姉妹だと分かる者はほとんどいない。それでも姉は献身的に妹の面倒を見て、妹は姉を母親以上に慕っていた。

両親と姉妹の四人家族。時々小さな口喧嘩《げんか》はするものの、汲田家ほど家庭円満の言葉が似合う家はそうそう見当たらなかった。

父親の汲田允《まこと》は建築設計事務所を営んでいた。会社といっても社員は二人、うち一人は妻の静江《しずえ》だったから自営業といって差し支えなかった。汲田の設計技術は優秀で、過去には設計関連の受賞経験もある。確かな腕を見込んで発注する建築会社も少なくなく、経営は順風満帆といえた。

受注は途切れないものの、社員二人きりの事務所は常に多忙であり、経理関係を担う静江もつい家事が疎《おろそ》かになる日が続く。

そんな際は母親役を買って出るのがグーちゃんだった。まだ小学校に上がる前だったが、母親の見様見真似で目玉焼きやパスタなど簡単な料理は作れるようになっていた。

たった一つ違いとは言え、グーちゃんにとってユーちゃんはたった一人の妹だ。自分の言うことをよく聞く、良い子になってもらわなければならない。

「あ。ユーちゃん、またケチャップで服汚したー。ダメじゃん」

「だって」

「だってじゃないっ。洗濯するの、グーちゃんなんだよっ」

「いいもん、今日はユーちゃんが洗濯するからいいもん」

「ユーちゃん、洗剤の量、知らないでしょ。多過ぎるとね、服が傷んだり、色落ちしちゃうんだよ。この間も、それでパパのシャツをダメにしちゃったじゃん」

グーちゃんは口が達者で、子どもの癖に要点を突いてくるので、大人でも言い負かされることがある。一歳下のユーちゃんが敵《かな》うはずもない。

くるぞ、くるぞ。

「ユーちゃん、悪くないのにぃ」

期待と不安が一緒になったような予感が的中し、ユーちゃんは声を上げて泣き出した。

いったん泣き出すとユーちゃんはなかなか機嫌を直さない。目の前でいつまでも泣かれると自分の責任になるので、結局あやすのもグーちゃんの役目になる。自分で自分の仕事を増やしていることに気づくのは、小学生になってからだった。

お姉ちゃんという立場は、わずか六歳の女の子にも責任感を背負わせる。ユーちゃんは放っておくととんでもない失敗をしでかす傾向があり、いっときも目を離せなかった。

洗米の意味を間違って解釈し、洗濯機に米を投入する。

お手入れと称して飼い猫のヒゲをちょん切る。

好奇心からコンロの火に紙を近づけ、いきなり燃え出したので慌ててゴミ箱に放り込み、更に大炎上させる。

「ユーちゃん、人間兵器だわ」

消火剤でびしょ濡《ぬ》れになったキッチンに立ち尽くし、静江は叱る前に呆《あき》れ果てていた。

「設計事務所が火事になったら、世間様にどう言い訳するのよ」

母親の叱責《しっせき》にユーちゃんが、火が点《つ》いたように泣き出した。

一事が万事この調子だったので、普段から一緒にいるグーちゃんは自然に監視役になっていった。

もっともこの小さな人間兵器も遊んでいる時は滅法可愛かった。笑うと両方の眉《まゆ》がハの字になり、思わず頬を擦り寄せたくなる。だからグーちゃんは片時もユーちゃんの側を離れることがなかった。

どんなに多忙であっても、母親は姉妹の関係性を的確に見抜いていたようだ。保護する者とされる者。どちらが欠けても成立せず、相互に補完し合う関係。

「いつもありがとね、グーちゃん」

グーちゃんが一人になった時を見計らって、静江は日頃の感謝を伝えてきた。

「パパのお手伝いが忙しくて構ってあげられないけど、ちゃんとグーちゃんがお母さんしてくれてるものね」

グーちゃんの行動を評価しているのは母親だけではない。父親の允は口数が少ないせいもあり、子どもたちに告げる言葉にはいつも真摯《しんし》さがあった。

「偉いな、グーちゃんは」

父親に褒められると、顔が火照った。

「まだ幼稚園なのに、パパもママもできないことをしてくれている。もう大人と一緒だよ」

二人から褒められると、気分が昂揚《こうよう》した。自分のしていることは誇らしいのだと自信が持てた。

ところがグーちゃんが保護者でいられるのは、当然のことながらユーちゃんと一緒にいる時だけだった。登園すれば各クラスに分かれるので一人きりになる。

一人になったグーちゃんは弱い女の子だった。クラスの男の子にちょっかいを出されて言い返すこともできなかった。

子どもは純粋に残酷だ。然《さ》したる理由がなくても獲物を定めたら、もう容赦がない。

その日、グーちゃんは給食に出たブロッコリーを残したことで、男の子数人から苛《いじ》められていた。先生たちの目がないのをいいことに、調子に乗った一人がグーちゃんの口に無理やりブロッコリーを詰め込んだのだ。

普段は滅多《めった》に涙を見せないグーちゃんは泣いた。

口の中のわさわさとした食感が気持ち悪くて、男の子に苛められたのが理不尽で、そして皆の前で泣き出した自分が悔しくて泣いた。三つ隣の教室に届くほどの大声で泣いた。食器の中のブロッコリーは全部床に散らばった。

グーちゃんが泣き止まず、男の子たちがいよいよ囃《はや》し立てたその時だった。

教室のドアを開けてユーちゃんが入ってきた。無言のままグーちゃんに歩み寄り、咀嚼《そしゃく》されないブロッコリーを摘《つ》まみ出した。

「泣き虫ユーちゃんが何やってんだよ」

リーダー格の男の子が近づいた時、人間兵器が発動した。

「誰が、やったの」

「俺だよ。好き嫌いをなくしてやろうと思って」

次の瞬間、ユーちゃんは男の子を突き飛ばした。

何が起きたのか咄嗟《とっさ》に判断できない男の子の上に、馬乗りになる。

「グーちゃん、いじめた」

いったん摘まみ出したブロッコリーを男の子の口に突っ込んだ。

「グーちゃん、いじめた」

床に散らばっていたブロッコリーを一つずつ摘まみ上げ、また口の中に突っ込む。

「グーちゃん、いじめた」

「グーちゃん、いじめた」

男の子の口からブロッコリーが溢《あふ》れ出た時点で先生が飛んできたので、何とかその場は収まった。リーダー格の男の子は号泣しながら教室から逃げ出していき、取り巻きの子どもたちはユーちゃんに睨《にら》まれて小便を洩《も》らした。

クラスの子どもたちの証言で汲田姉妹が被害者側だと判明し、男の子たちの保護者が呼び出される羽目になった。死ぬほど恐ろしい目に遭わされたのに、親と一緒に謝罪させられては堪《たま》らない。翌日から汲田姉妹にちょっかいを出す子どもは皆無となった。

妹の意外な態度を意外な局面で目撃したグーちゃんだったが、それでユーちゃんに怖気《おじけ》づくことはなかった。むしろ以前より一緒にいる時間を増やし、ますます彼女の世話をするようになった。

姉妹だけど上下関係はない。

どちらかが困っていたら全力で護《まも》る。

絶対に悲しい思いをさせない。

言葉にしなくても姉妹にはそういう共通認識が出来上がっていた。


よくある話だが、一家に問題がなくとも実家筋が厄介になることがある。汲田家の場合は、父方の実家がそうだった。

允の父親は既に亡くなっていたが、まだ母親の伊都《いと》が存命していた。汲田姉妹を可愛がってくれる優しい祖母だったが、たった一つ難点があった。

昨年、夫に先立たれてから妙な宗教に入信してしまったのだ。もちろん幼い汲田姉妹に宗教の良し悪しが分かるはずもなく、伊都の趣味の一つくらいにしか捉《とら》えていなかった。

それが大変な思い違いであるのをグーちゃんが知ったのは、小学二年の夏休みが始まって間もなくの時だった。

仕事を終えた静江が事務机に向かい、悩ましげに頬杖《ほおづえ》をついていた。仕事で疲れたのかと尋ねると、静江は慌てて笑顔で取り繕った。

「ああ、うん。大したことじゃないの。グーちゃんは心配しなくていいから」

心配するなと静江が言う時は、大抵心配事が起きていると経験上知っている。

ふと気づけばユーちゃんの姿が見えない。さっきまでは一緒にいたのに、グーちゃんが静江と買い物から帰るといなくなっていた。

「ユーちゃん、どこ」

「おばあちゃん家《ち》」

「すぐ帰ってくるの」

「ううん、ユーちゃんはお泊まり」

汲田の実家にはグーちゃんも何度かお泊まりしたことがある。しかし、その時も姉妹一緒だったはずだ。

勘の鋭いグーちゃんは静江に詰め寄る。

「どうしてユーちゃんだけがお泊まりなの。どうしてグーちゃんが一緒じゃないの」

言い出したら聞かないのは母親の静江が一番よく知っている。しばらく考え込んだ後、静江はグーちゃんをキッチンまで連れていった。

テーブルを挟んで向かい側に座らされた。一対一で話をすることは滅多にないので、グーちゃんはとても緊張した。

「おばあちゃんがちょっと変わった神様を拝んでいるの、知ってるでしょ」

「うん、前におばあちゃんの家で見た。お仏壇の中にどこかのおじさんの写真が飾ってあった」

「おばあちゃんね、ユーちゃんを仲間にしたいんだって」

「仲間って、その変な神様を拝むの」

「そう」

「ユーちゃん、オーケーしたの」

静江は返事に困った様子だった。

「どうしてユーちゃんだけなの。あたしが一緒じゃダメなの」

「始めるなら七歳からが一番いいんだって。よく知らないけど、七というのは祝福された数字で、その歳から入信すると神の子になれるって……ごめん。ママも全然分からないんだけど、おばあちゃんはユーちゃんに用があるって連れていっちゃったの」

聞いている途中から不安でいっぱいになった。

「……その神様って、いい神様なの」

「おばあちゃんはとても熱心なんだけどねえ」

言い方で、静江がその神様を快く思っていないのは理解できた。

「ちょっとあれはねえ」

伊都の拝んでいる神様がどんな神様なのかは知らない。妹だけを連れていった伊都の意図も分からない。

だけど妹が訳の分からないことを無理強いさせられているのは察知できる。ユーちゃんが喜び勇んでついていったのなら、静江が心配そうな顔をしているはずがない。

「ユーちゃんを連れ戻して」

グーちゃんは半ば命令口調で言う。

「そんなのユーちゃんが喜んでるはずないじゃん。今すぐ取り戻してきて」

「もう、お泊まりさせるって約束しちゃったし……」

母親の目には諦《あきら》めの色が浮かんでいた。

「お願いっ」

今度は懇願してみた。

それでも母親の反応は変わらない。

これはダメだ。

母親に頼んでも埒《らち》が明かないと思った。

急いで事務所に取って返し、図面を引いている最中の父親に声を掛けた。

「仕事中はここに入ってきちゃダメだと言っただろ」

父親は軽く咎《とが》めたが、グーちゃんが涙目になっているのを見て表情を緩めた。

「どうした」

「ユーちゃん、変な神様を拝まないとダメなの？」

途端に父親は顔を強張《こわば》らせ、グーちゃんの肩に手を乗せた。

「ちょっと一緒においで」

どこに行くのかと思っていると、父親はキッチンに移動して母親の隣に座った。改まった様子に先刻の不安が甦《よみがえ》る。

「ちゃんと説明しなかったパパが悪かった。ごめん」

父親は居住まいを正した後、ぺこりと頭を下げた。相手が娘であっても誠心誠意で対応する父親は、理屈抜きに尊敬できた。

「おばあちゃんがユーちゃんを入信させたいと言ってきた時、パパもママも一度は断ったんだ。拝んでも、あまりご利益がなさそうな神様だったからね」

「いい神様じゃないのね」

「少なくとも他の神様の悪口を広めようとするなんてのは、いい神様じゃない」

「じゃあ、どうして」

「おばあちゃんには逆らえなくてな」

父親は事情を打ち明けてくれた。

まだグーちゃんが生まれてもいない頃、父親は大手の設計事務所を退職し、自分の事務所を開業した。仕事で知遇を得た顧客から発注してもらえる目処《めど》も立っていた。

しかし退職金を全部注ぎ込んでも開業資金には足らなかった。頼みにしていた銀行が不景気の煽《あお》りを食らって融資を中止し、父親は二進《にっち》も三進《さっち》もいかない状態だった。

そこに救いの手を差し伸べたのが伊都だった。夫を説得し、虎の子の定期預金と保険を解約し、開業資金の一部に充ててくれたのだ。

こうして父親の設計事務所は無事に開業し、五年もすると伊都に借金を返すこともできた。

「ただなあ。ウチが一番大変だった時期に融通してくれた恩は忘れられないんだよ。実の母親だしな」

隣に座る母親はちらちらと非難めいた視線を父親に送っている。伊都の横暴に抗しきれなかった父親を責めているのだ。

「いい神様じゃないって、パパ言ったよね」

「ああ、言った。でもユーちゃんはひと晩お泊まりさせるだけだ。本人が嫌だというものを無理に続けさせるつもりはないよ」

煮え切らない口調で、ぴんときた。

「教えて、パパ」

「何をだい」

「パパがその神様を嫌いな理由、他にもあるんでしょ」

「……敵わないな」

渋々といった体《てい》で、父親は伊都の崇《あが》める神様について説明してくれた。もっとも教義の意味や理屈など理解の埒外だったが、気になる点がいくつかあった。

その神様を信じる者は他の神様を信じてはならないこと。

その神様を信じる者は生活に支障がない範囲内で全ての財産を差し出すこと。

その神様を信じる者は自分の先祖を敬ってはいけないこと。

そして極めつきが、その神様を信じる者は輸血を拒否しなければならないこと。

「輸血しちゃいけないって……そうしたら、おばあちゃんが怪我したらどうするの」

「おばあちゃんは輸血しないそうだ。血が必要になっても、神様が輸血せずに治してくださるらしい」

子供心にも胡散《うさん》臭い話だと思った。輸血だけではない。財産を差し出したり、自分の先祖を蔑《ないがし》ろにしたりという教えは神様ではなく、どちらかといえば悪魔の要求ではないのか。

「変だと思うか」

「思う」

「きっとユーちゃんだって変だと思う。アレは人間兵器だから、自分で納得できなかったらおばあちゃんを突き飛ばしてでも逃げ帰ってくるさ」

父親は冗談めかして話を締めたが、グーちゃんの不安は更に募った。

確かにユーちゃんは破天荒な一面があるが、普段は優しくて従順な子だ。おばあちゃんには甘えてばかりで信用もしている。もしおばあちゃんから熱心に勧められたら、仕方なくおかしな神様も受け容《い》れてしまうかもしれない。

夕食が済んでも胸騒ぎは一向に収まらない。父親も母親も平静を装っているが、どことなく落ち着かない。

自分が男の子たちに苛められていた時、駆けつけて窮地を救ってくれた妹。その妹が、おかしな神様を無理やり押しつけられようとしている。

今度は自分が助ける番だ。

グーちゃんは決心した。

幸い、おばあちゃんの住む家は同じ町内にある。何度も訪ねているから道順も憶《おぼ》えている。

おばあちゃん家に乗り込むのはいいとして、ユーちゃんを連れ戻すのに邪魔はされないだろうか。いや、絶対にされる。おかしな神様だから、きっと見逃してはくれない。

だったら武器が必要だ。

家の中を物色して手頃な得物を発見した。父親が買ったきり、ほとんど使わなくなったゴルフセット。その中にクラブが何本か入っており、自分の背丈ほどのドライバーがあったのでそれを選んだ。

両手でドライバーを握り締め、両親の目を盗んで家を出た。途中からドライバーが重くなったが、妹の顔を思い出すと心に鞭《むち》が入った。

ユーちゃん。

お願い、無事でいてね。

ドライバーを引き摺《ず》りながら二十分も歩くと、ようやくおばあちゃんの家に到着した。

門柱に取り付けられたインターフォンのボタンに指を伸ばした瞬間、家の中から泣き声が聞こえてきた。

ユーちゃんの声だ。

慌てて玄関ドアに飛びついたが、生憎《あいにく》内側から鍵《かぎ》が掛かっていて、小学二年生の力ではどうしようもない。

咄嗟に思い出した。おばあちゃんの家には裏口があり、こちらは日中だけは開けっ放しになっているはずだった。

裏口に回ると、やはり施錠されていなかった。グーちゃんは思わずドライバーの柄を強く握り締める。

裏口は台所に直結していて、通り抜けると細い廊下に出る。

泣き声は仏壇の鎮座している、おばあちゃんの寝室から聞こえてくる。

「やめて、おばあちゃん。やめて」

「おとなしくしなさいっ。何度言ったら分かるの」

泣き声とともに聞こえるのはおばあちゃんの怒声だ。彼女の怒った声を聞くのは、これが初めてだった。

「嫌あっ、嫌あっ」

「言うこと聞きなさいったら」

怖がっている暇はない。廊下を駆け抜けて寝室へ辿《たど》り着くと、ユーちゃんがおばあちゃんに押さえ込まれていた。おばあちゃんは片手でユーちゃんの自由を奪い、片手に赤い液体の入ったグラスを握っている。

「早く飲みなさいっ」

「嫌あっ」

赤い液体の雫《しずく》がユーちゃんの顔を斑《まだら》に濡らしている。

「聖なる血なの。これを飲んだら、あなたは神の子になれるの」

目が気持ち悪い。

これは、あの優しいおばあちゃんじゃない。

何か別の、とても恐ろしいものだ。

「やめてっ」

おばあちゃんの背中にしがみつく。やっともう一人の孫がその場にいたことを知ったようだった。

「グーちゃん。どうして、あなたがここに」

「ユーちゃんを離して」

「邪魔しないで」

老いても小学生よりは力がある。グーちゃんはあえなく弾《はじ》き飛ばされてしまった。

手元のドライバーを握る。

だがおばあちゃんを殴りつけるのには躊躇《ためら》いがあった。妹を助けたいのは山々だが、こんな鉄の塊で殴ればおばあちゃんも怪我をしてしまう。

おろおろと寝室を見回した時、仏壇が目に入った。知らないおじさんの写真が飾られた仏壇。

これだ。

ドライバーを大きく振りかぶり、仏壇の写真に向けて打ち下ろす。

重心が先端にあるせいか、ヘッドは正確に写真を捉えた。

耳をつんざく音とともに写真ばかりか仏壇までが木っ端微塵《みじん》になる。おばあちゃんが振り返り、グーちゃんと仏壇の残骸《ざんがい》を見て腰を抜かした。

「ひい」

「ユーちゃんを離して」

もう一度ドライバーを振り下ろすと、いよいよ仏壇は原形を留《とど》めなくなった。

「師父さまっ」

おばあちゃんは破砕した写真に駆け寄ろうとしたが、立ちはだかるグーちゃんを見下ろして恐れ慄《おのの》いた。

姉の存在を認めたユーちゃんはのろのろと起き上がり、グーちゃんに抱きついてきた。

「怖かったあ。怖かったあ」

グーちゃんは片手でユーちゃんの肩を抱き、片手はドライバーを握って離さなかった。

しばらくして両親が駆けつけてきた。

寝室の惨状を目の当たりにした父親はおばあちゃんからの抗議を撥《は》ね退けた。

「もう二度とウチの子に近づくな」

二人は両親に抱かれて、無事に我が家へと帰還した。

「パパ、ごめんなさい」

「どうして謝るんだ」

「パパのクラブ、曲げちゃった」

「気にするな。その代わり、パパの心を真っ直ぐにしてくれたじゃないか」

その後、おばあちゃんは亡くなるまで汲田宅を訪れることがなかった。

破壊された仏壇と、切れたおばあちゃんとの縁。

しかし親子四人の絆《きずな》は、この一件を機により強くなった。

2

グーちゃんがおかしな神様を撃退してから数カ月後、今度は別の災厄が汲田家に降りかかった。

父親の允が緊急入院したのだ。

最初の徴候は言葉だった。「いただきます」や「いってらっしゃい」といった簡単な挨拶《あいさつ》も舌が縺《もつ》れて上手《うま》く発語できない。そのうち右手で箸《はし》が摑《つか》めなくなり、嚥下《えんか》も困難になった。

さすがにこれは変だと大学の付属病院で診てもらうと、担当した安西《あんざい》という医師は筋萎縮《いしゅく》性側索《そくさく》硬化症（ＡＬＳ）なる病名を告げた。

「日本だと、年間十万人に一人か二人が発症していますね」

説明を求められた安西医師は事もなげに言う。

「実のところ発症の原因はよく分かっていません。グルタミン酸が神経伝達物質として働いて細胞死を招くという説、それからＴＤＰ-43というタンパク質の異常蓄積という説もありますが、これらはあくまで仮説に過ぎません」

このまま放っておけばどうなるのかと静江が訊《き》くと、残酷な答えが返ってきた。

「大抵の場合、筋萎縮と筋力低下が進み、五年以内に呼吸筋が麻痺して自力では呼吸ができなくなります」

安西医師の口調は非情そのものだった。患者一人一人に感情移入しても仕方がないとしても、もう少し柔らかい言い方はないのだろうか。

五年以内という数値に、静江は急に狼狽《うろた》え始めた。全く予期せぬ余命宣告に思考がついていかなかったという。

続く説明でＡＬＳは特定疾患に指定された難病であり、治療法も確立していないと教えられた。

青天の霹靂《へきれき》とはこのことだ。允の入院手続きを済ませた静江は、家に帰るなり娘たちを抱き締めて泣き出した。

娘たちも一緒に泣き始めた。二人とも医師の説明はちんぷんかんぷんだったが、それでも母親の顔色を見れば事態の深刻さが肌で分かる。怖くなり、心細くなり、泣きたいのを今まで必死に堪《こら》えていたのだ。

「パパ、死んじゃうの」

ユーちゃんが尋ねると、母親は更に泣いた。

当座の入院治療費は何とか賄《まかな》えることになった。病院側の説明では高額療養費制度というものがあり、重い病気で入院治療費が嵩《かさ》んだ場合、一定金額を超えた分が後で払い戻されるとのことだった。これならしばらくの間は、貯金を取り崩せば何とか入院費くらいは捻出《ねんしゅつ》できる。

問題は生活費だった。設計事務所の経営は全て父親の働きにかかっている。允が長期入院を強いられれば、当然その間の収入はゼロになるから、これも貯金を取り崩さなければならない。たった一人の社員にも当分給料は支払えないだろう。

「あなたたちにお話があるの」

母親は二人の娘を正面から見据える。

「パパは難病に罹《かか》りました。難病というのは、治すのが難しいっていう意味」

グーちゃんとユーちゃんは無言で頷《うなず》く。

「しばらくは新しい服も買ってあげられないし、外食もできなくなる。でも、それでパパが元気になるのなら我慢してね」

「我慢する」

「我慢する」

「二人とも良い子」

抱き締められた母親の腕の中は温かかった。世界中で一番温かい場所だと思った。


その日を境に汲田家の生活は少しずつ変わっていった。

ショッピングや外食がなくなったことは何でもない。だが口に出さずとも、家の中には〈節約〉という言葉が見えないガスのように漂っている。新しい何かを要求するのは禁句だと姉妹は互いに約束していた。

「ママとの約束だからね。寒くなっても新しい服なんて要らない。去年のを着る」

「うん」

「ハンバーガーもフライドチキンも要らない。冷蔵庫にあるもので我慢する」

「うん」

父親が家に帰ってこられるのなら、これしきの我慢は我慢のうちに入らない。七歳と八歳、小学校低学年の姉妹はそう思っていた。

ただし我慢より応《こた》えたものがある。事務所に人けがなくなったことだ。

社長である允がいつ退院できるか分からないので、結局社員は解雇するしかなかった。図面を引く者がいないので受注も止まった。

誰もいない、がらんとした事務所。定規を当てる音もシャープペンシルを走らせる音も聞こえず、室内はしんと静まり返っている。

人が働く場所に人がいないのは、こんなにも寂しいものなのか。グーちゃんは逃げるように事務所から出ていく。そのまま留まっていたら不安に押し潰《つぶ》されそうだった。

父親の病名はとにかく長くて難しいので、家の中ではALSで通すことにした。〈筋萎縮性側索硬化症〉というのは、どうにも禍々《まがまが》しい響きで、口にするとますます父親の治りが遅れるような語感があって嫌だった。

母娘《おやこ》三人で毎日のように病室を見舞った。父親の発語はいよいよ危うくなり、ゆっくり喋《しゃべ》っても意味が分からなくなっていた。

日毎に筋力も落ちており、もう腕も自力では上がらない。だがベッドの上の父親は二人の娘に笑いかけた。

「ちゃんと、いつもの、時間に、登校しているか。普段、通り、友だちと、遊んで、いるか」

二人が頷くと、父親は満足そうだった。

「それで、いい。どんな、環境に、なっても、いつもと、同じで、いろ」

不自由な唇を駆使して思いを伝えようとしている姿は、まるで無双の勇者のように映った。

だが父親の勇敢さをよそに病魔が迫っているのも明白だった。母親が安西医師から提案されたのは、ちょうどそんな時だった。

「現在ALSの治療法は確立されていないのですが、症状の進行を遅らせることはできます」

「本当ですか」

「ALSの発症原因として、グルタミン酸が神経伝達物質として働いて細胞死を招くという仮説があるのは説明しましたよね。その仮説に呼応するかたちで、グルタミン酸の放出を抑制するリルゾールという薬品があるんです。試してみませんか」

目の前に病気の進行で苦しんでいる夫がいる。進行を遅らせる方法があると言われれば飛びつくに決まっている。

「ただですね。このリルゾールは保険適用外であるため（注　一九九九年に保険適用となる）、価格は高くなります。それでもいいのでしたら……」

「是非、お願いします」

母親は地獄で仏に出会ったように何度も頭を下げ、娘たちもそれに倣った。

リルゾールという薬品にどれだけの効果があったのかは分からない。投薬後も父親を見舞ったが、日増しに元気がなくなっているような気がしてならない。

遂に父親は喋ることすら叶《かな》わなくなり、三人がベッドの傍らに来ても、顔を眺めることしかしなくなった。

堪《たま》らない様子でユーちゃんは母親に尋ねた。

「ママ。パパ、治るよね。高いお薬使ったんだから治るよね」

「当たり前じゃないの」

母親はそう言ってユーちゃんを宥《なだ》めたが、グーちゃんは複雑な気持ちで二人のやり取りを見ていた。

高い薬を使ったから治るに決まっている。そう思いたいのは自分も同じだが、あくまでも思いたいだけだ。薬が効いているかどうかは父親本人でなければ分からないのではないか。苦悶《くもん》の表情を隠そうとしなくなった父親を見ていると、高価な薬もただの気休めではないかと思えてくる。

安西医師からはリルゾール以外の薬品も勧められた。エダラボン、メチルコバラミン、ペランパネル等々。その中にはリルゾール同様、保険適用外の薬品が多く含まれていたが、汲田一家に拒否という選択肢は有り得なかった。

「どうぞ試してください」

完治が保証されてもいない高額な薬品に金を支払い続ける。それはまるで、人質が解放されるまで支払い続ける身代金のようなものだった。

入院治療費に加えて保険適用外の薬代を支払っていると、当然のことながら家計が圧迫される。母親が銀行に通う回数は目に見えて増えた。

増えたのは銀行へ通う回数だけではない。溜息《ためいき》を吐く回数も増えた。最初のうちこそ娘たちの目の届かぬ場所で洩らしていたようだが、しばらくすると所構わず嘆息するようになった。

逆に少なくなったものもある。母娘の会話だ。

この頃になると、母親は働きに出るようになった。資格と呼べるものを何も持っていなかったので、就ける仕事は自《おの》ずと限られていた。

最初はスーパーのレジ打ちだった。しかし勤務時間が長い割には給料が少なく、ほどなくして母親は夜も仕事をするようになる。どんな仕事をするのかとグーちゃんが内容を訊いてみても、具体的なことは教えてくれない。ただ「お客さんと一緒にお酒を吞《の》む仕事だ」とだけ告げられた。

グーちゃんはとんでもないと思った。

「ママ、お酒なんて吞めないじゃない」

父親が元気だった頃、夕食にワインが供される時が少なくなかった。それでも吞むのは父親ばかりで、母親がアルコール類を嗜《たしな》む姿は一度も見たことがなかったのだ。

「仕事だからね」

母親は寂しそうに笑った。

昼も夜も仕事に出掛けるのだから母娘の会話が少なくなるのは当然だった。朝食はともかく、夕食は姉妹で摂《と》ることがもっぱらになった。

吞めない酒を無理に吞んでいて身体にいいはずがないが、母親は健気《けなげ》に見舞いを続けた。日増しに肉の落ちていく父親と、やはり日増しに顔色が悪くなっていく母親はよく似ていた。

グーちゃんは母親に一度だけお願いしてみた。

「お酒吞むの、やめて。ママ、お酒苦手なんでしょ」

「仕事だからね。グーちゃんたちは心配なんてしなくていいのよ」

「でも」

「もうじき。もうじきだから。パパが退院すれば全部元に戻るんだから。それまでもう少しの辛抱なんだから」

病院詣《もう》では続く。やがて安西医師は他の医療チームを紹介してくれるようになった。何でも先進医療を手掛けるチームで、ＡＬＳについても積極的に研究治療を進めているという。

「この方法なら汲田さんの症状に適応すると思えるのです」

「東大グループの臨床試験では、既に効果が認められているんです」

「慶應義塾大学では」

「アメリカでは」

それが父親の治癒に繋《つな》がるのならと、母親は医師の勧めを断ることができなかった。

先進医療はいずれも高額療養費制度の適用外になる。これまで父親の医療費にどれだけ支払ったのかは、怖くて尋ねるのも憚《はばか》られた。

ある日、母親は姉妹を座らせてから切り出した。

「グーちゃんとユーちゃん。パパとお家と、どっちが大事？」

すぐには意味が分からなかった。

「質問の仕方を変えるね。パパのいない今のお家と、パパのいる別のお家と、どっちがいい？」

訊かれるまでもなく、姉妹の答えは決まっていた。

「パパのいる別のお家」

そう、と母親は頷いてから、そのまま嗚咽《おえつ》を洩らし始めた。

「ごめんね、ごめんね……もう、一人ずつの部屋にしてあげられないけど、パパが元通りになったらまた別々の部屋を作ってあげるから」

母親は事務所と居宅を売却して、父親の入院治療費を工面した。母娘は病院近くのアパートに引っ越し、新生活を始めた。

汲田家が土地家屋を売却した話は近所にもクラスメイトの家にも伝わっていた。口さがない同級生は早速噂話に花を咲かせたが、グーちゃんは聞こえないふりをした。ユーちゃんに尋ねてみると、やはり同じ仕打ちを受けたらしい。学年やクラスが違っても、他人の反応はどこも似たようなものだと二人は実感した。

悲しみは人を大人にする。苦労は人に皮肉の味を覚えさせる。汲田姉妹はまだ十歳にも達していないというのに、世の非情さを思い知らされた。

しかし、それでも父親の容態が快復に向かうことはなかった。

グーちゃんが小学三年生になった頃、急に病院から呼び出された。連絡を受けた母親は姉妹を連れて病院に急行した。

後にも先にも、あんな母親の顔は見たことがない。不安と恐怖と安堵《あんど》が混じり合った奇妙な表情だった。

父親は集中治療室にいた。

既に主治医は安西医師から他の医師になっていた。新薬や先進医療など、関わってきた医師は十指に余る。それなのに集中治療室にいるのはグーちゃんが名前も知らない若い医師一人だけだった。

「ご家族をお呼びした方がいいと言われまして」

若い医師は、命令されたから仕方なく立ち会っていると顔で訴えていた。

酸素吸入器を装着した父親に、以前の面影はまるでなかった。極限まで肉が削《そ》げ落ちた頬。シーツから覗《のぞ》く腕は枯れ枝のようだった。

数時間前から意識不明になったので、家族を呼んだのだと説明された。高価な新薬も先進医療も役に立たず、父親は確実に死に向かっていた。

やがて父親の口から酸素吸入器が外された。

「ご臨終です」

医師はそれだけ告げると、逃げるようにして病室から出ていった。

母親は電池の切れた人形のように、しばらく動かなかった。グーちゃんとユーちゃんは辺り構わず泣いた。身体中の水分が全部流れてしまうのではないかと思うくらい泣いた。


父親が亡くなると、汲田家の荒廃は一気に進んだ。

母親は仕事を続けていたし、姉妹も登校し続けた。表面上、生活には何の変化も見受けられない。それでも家の中の空気は澱《よど》み、絶えず嫌な臭いがした。

母親は家の中では笑わなくなった。仕事先で見せている笑顔も多分本物ではないのだろう。元々苦手な酒を呑み続けているせいか、顔立ちもすっかり変わってしまった。姉妹と一緒にいる時も、遠くを見るような目をすることが多くなった。

生ものが腐っている訳でもなく三人の身体が臭う訳でもないのに、不快感を誘う臭いだった。

一度だけグーちゃんのクラスメイトを家に上げる機会があったので、恐る恐る臭いについて尋ねてみると、そのクラスメイトは不思議そうに答えた。

「別に何の臭いもしないよ。変なの」

やがて母娘三人の生活にも終わりが訪れた。

父親の四十九日が過ぎた翌日、母親は浴槽の中で手首を切り、そのまま死んでいたのだ。

グーちゃんが憶えているのは、母親の死に顔がとても平穏だったことだ。痛みや苦しさからやっと解放された安らぎに満ちていた。

母親の葬儀が済むと、親類縁者の会議が行われた。後に残された姉妹を誰が引き取るかという相談だった。既に伊都は他界し、姉妹二人を引き取ると言い出す者はいなかった。

協議の結果、グーちゃんは父方の叔父《おじ》に、ユーちゃんは母方の実家に引き取られることになった。

いよいよアパートを引き払う日、グーちゃんはユーちゃんの手を握って、運び出される荷物をじっと眺めていた。

「グーちゃん」

「うん」

「わたし、病院が嫌いになった」

「うん、わたしも」

「お医者さんも嫌いになった」

「わたしも」

不意にユーちゃんが強く握り返してきた。

「グーちゃん。病院の名前、憶えている？」

「帝都《ていと》大附属病院」

「忘れないよね」

「死んでも忘れない」

病院は自分たちからありとあらゆるものを奪っていった。回復の可能性があると謀《たばか》り高額な薬品と先進医療を押しつけ、奪えるだけのカネを奪い、生活を奪い、平穏を奪い、幸せを奪い、そして最愛の両親まで奪っていった。

「死んでも忘れない。いつか、必ず仕返しするんだから」

姉の言葉に妹は無言で頷いた。

二　聖痕

1

「ちょっと寄っていく」

　ステアリングを握っていた犬養隼人《いぬかいはやと》は、インプレッサを帝都大附属病院へと向ける。勤務中だが、昼休憩の時間を見舞いに回しているという体裁なので怠業には当たらない。問題は同行している者が付き合ってくれるかどうかだが、助手席の高千穂明日香《たかちほあすか》はすっかり心得た様子だった。

「どうぞ。その間、わたしはどこかでランチを摂《と》っていますから」

　了解を確認しながら、犬養は明日香の視線に気づく。

「何か言いたそうだな」

「他のことはともかく、沙耶香《さやか》ちゃんの見舞いだけはマメなんだな、と思って」

明日香にしてみれば憎まれ口なのかもしれないが、犬養本人は何の痛痒《つうよう》も感じない。今まで家庭を顧みなかった父親としては、娘の見舞いを欠かさないのはせめてもの罪滅ぼしだった。

「高千穂も家族が病気になったことくらいあるだろう」

「ないですね」

明日香は事もなげに言う。

「両親とも健康過ぎて、わたしが物心つく頃から入院経験がありません」

「息災で何よりだ」

皮肉でも冷やかしでもなく、犬養は純粋にそう思った。病は家族の心を萎《な》えさせ、貧しさは犯罪を呼び込む。健やかで貧しくないというのは、それだけで大きな幸福だ。

クルマを駐車場に停め、待ち合わせ時間を決めてから明日香と別れる。以前は病室の外までついてきたが、最近は放任してくれるので助かる。おそらく気を利かせてくれているのだろうが、本人に確認したことはない。

通い慣れた病棟は自分の庭のようなものだが、これとて自慢できる話ではない。素人ながら腎臓《じんぞう》疾患に詳しくなったのも同様だ。娘が腎不全を患っていなければ、どうして刑事風情が医療知識など蓄えるものか。

沙耶香が入院してから既に数年が経過している。定期的に人工透析を受けなくてはならず、極端な体力の低下が理由で通常の学生生活は望めなくなった。通常なら高校受験に向けて補習受講なり塾通いなりに勤《いそ》しむ時期だが、沙耶香にはそれも許されない。

娘がどんな進路を考えているのか。父親なら本人に訊《き》くべきことなのだろうが、己の不義を理由に別居していた手前、父親面することに抵抗がある。煩わしい相談は別れた女房に丸投げしたいという卑怯《ひきよう》な計算も働いている。不甲斐《ふがい》ない父親にできるのは、こうして定期的に娘の機嫌を伺うことくらいだ。時折自己嫌悪に陥るが、世の父親たちも多かれ少なかれ子供の進路は母親任せらしいという噂で自分を安心させる。

　沙耶香の病室の前まで来ると、中から話し声が洩《も》れてきた。主治医か看護師と喋《しゃべ》っているのかと思ったが、洩れ聞こえる内容からするとどうもそうではないらしい。

『だからさ、$y=ax^2$ の場合、aは比例定数なんだよ。aが3と分かっているんだったらxの値−2を代入してyを求める。$y=3\times(-2)^2$ で12。じゃあ次の問題はどうすればいい？』

『$y=ax^2$ にxとyの値を代入して比例定数を求める』

『オッケー。何だ沙耶香ちゃん、あっさり解いたじゃんか』

『説明、分かりやすくて。ひょっとして家庭教師でもやってたの』

『中学三年で誰の家庭教師するっていうのさ』

『でも、向いてそう』

　ドア越しでも和気藹々《あいあい》とした雰囲気が伝わってくるので、部屋に入るのが躊躇《ためら》われる。それでも回れ右で引き返すのは沽券《こけん》にかかわるような気がして、ドアノブを回した。

「俺だ。入るぞ」

　洩れ聞こえた声で承知していたが、病室は沙耶香と祐樹《ゆうき》の二人だけだった。

「お父さん」

「あ……お邪魔してます」

「こちらこそ悪かったね。勉強中だったみたいで」

和気藹々が一瞬にして気まずくなるが、これはもう仕方がないだろう。祐樹も慌てているようだが、不意に現れた犬養に驚いただけで別に咎《とが》められる理由はない。その証拠に、ベッドの上には数学の教科書とノートが広げられている。

庄野《しょうの》祐樹は沙耶香と同じフロアに入院している少年だ。以前から沙耶香とは顔見知りだったが、数学が得意だったので院内教師を買って出たらしい。病人には不似合いな小太り体型で、眼差《まなざ》しが優しい。慢性糸球体《しきゅうたい》腎炎という原因不明の難病で、沙耶香と同じく長期入院を強いられている。感心なのは長患いであるのをいささかも感じさせない態度で、いじけたり拗《す》ねたりといった素振りを見せたことがないらしい。医師や看護師からの評判もよく、沙耶香の友人としては申し分ない。その上、家庭教師代わりにもなってくれるので父親としては喜ばしい限りのはずなのだが、犬養はどうにも面白くない。

「いつも沙耶香が迷惑をかけて申し訳ないね」

社交辞令を口にする時は、自分が父親であることを自覚できる。我ながら卑屈だと思うが、元より父親らしいことをした覚えがないので致し方ない。

「人に教えると、自分でも理解できた気がするんで……」

祐樹は少しはにかんで言う。真っ直ぐこちらの顔を見ようとしないのは生来気が小さいのか、それとも犬養を怖れているのか。

「人に何かを教えられるというのは才能だと思うよ。祐樹くんは、その、将来の夢とかあるのかい」

「お父さん」

沙耶香が呆《あき》れたような声を上げた。

「もうちょっと気の利いた質問できないの。わたしたち、まだ中学生」

中学生でも将来の希望くらいはあるだろうと言いかけて、やめた。沙耶香の抗議には、二人とも闘病の身という事実が言外に含まれている。碌《ろく》に登校もできない者に将来を語らせるなという訳だ。夢を持つのも語るのも、それが許される土壌があっての物種で、可能性の低い人間に強いるのはかたちを変えた虐待でしかない。

「ああ、うん。悪かった。どうも若い人とは喋り慣れてなくてね」

「刑事だったら、不良学生とかも相手にしてるんじゃなかったの」

「中学生相手だったら生活安全部に少年事件課とか少年育成課とかがあって」

「あーっ、もううるさいっ」

沙耶香は強引に犬養の言葉を遮る。

「お父さんってホントに骨の髄まで刑事なんだから」

「そう言うな。これでも昔は俳優養成所に通っていたんだ」

「それ聞き飽きたって。折角俳優目指していたのなら、どうしてそっち方向に頑張ってくれなかったのよ。もし俳優になってくれてたら、今頃この病室はアイドルとか仲間のイケメン俳優とかの見舞客で一杯だったかもしれないのに」

へえ、と意外そうな顔で祐樹が沙耶香を見た。

「沙耶香ちゃんのお父さんって、そうだったんだ」

「うん。過去形なのがすっごく辛《つら》い。やっぱり刑事より俳優だよ。誰が何と言おうと」

「そうかな。僕は刑事の方がカッコいいと思うけど」

祐樹は遠慮がちに応《こた》える。犬養に対するおべっかでないのは口調から分かる。犬養にしても中学生に持ち上げられても、あまりいい気はしない。

「えー、どーして。あのさ、自分の親だから言う訳じゃないけど、刑事って地味だし、いつも殺伐としてるし、おまけに危険と隣り合わせだし」

「危険と隣り合わせだからカッコいいんじゃん。それに犯人を逮捕するなんて一般市民じゃできないんだぜ」

祐樹の言うのは正確ではない。一般市民でも犯罪者を逮捕できるのだが、機会と制圧力に恵まれないだけだ。しかし折角、刑事という職業を買ってくれているのだから、注釈を差し挟むまでもないだろう。

「祐樹くんは刑事に興味があるのか。もしよければ」

「お父さん、はっきり言って邪魔。出てって」

「今きたばかりだぞ」

「関数問題ができない人は帰って」

犬養はひと言も返せない。情けないが、今の犬養が教えられるとすれば男の嘘の見分け方くらいだ。

「まだ三ページも残ってるんだから。少なくともお父さん、数学の勉強では何の役にも立たないどころか、いるだけで目障り」

いつもより五割増しの舌鋒《ぜっぽう》は祐樹がいるのも手伝っての照れ隠しなのだろうと思った。そうでなければ犬養もやっていられない。

「またくる」

そう言って病室を出るのが精一杯だった。

インプレッサには既に明日香が待っていた。

「早かったですね」

「勉強会に父親は必要ないらしい」

病室でのやり取りを聞くなり、明日香は短く嘆息してみせた。

「犬養さんがバツ2の理由、何となく分かりました」

「どうして、そういう話になる」

「犬養さん、徹底的に女性の気持ちを理解していません」

「娘だぞ」

「沙耶香ちゃんだって女性です」

「色恋沙汰《ざた》じゃなくて勉強会だと本人が言っていた」

「あのですね」

明日香は三歳児に言い含めるような口調になる。

「勉強会にしても嬉《うれ》しい話にしても、出来上がったゾーンに無関係な人間が首を突っ込んだら嫌われるのは当たり前なんですよ」

「……そんなものか」

「どうして凶悪犯の考えていることは分かるのに、女の子の考えていることが分からないんですか」

女の考えが分からなくても通用するから刑事になったんだ——喉《のど》まで出かかった言葉をかろうじて呑《の》み込んだ。

「娘には、そんなに気を遣わなきゃいかんものなのか」

「当たり前じゃないですか」

こうなれば何を言っても藪蛇《やぶへび》になるので、犬養は口を噤《つぐ》むより他になかった。

沙耶香の周辺に変化が生じたのは、それからちょうど一週間後のことだった。いつものように病室を訪ねると、沙耶香と祐樹の他に見知らぬ婦人が同席していた。

「祐樹の母親です」

彼女はそう自己紹介した。名前は庄野聡子《さとこ》、息子に似ず、やせ型で神経質そうな母親だった。祐樹が並ぶと、下手をすれば母親の方が入院患者に見えそうだ。

「実は退院させていただくことになりまして」

聡子は深々と頭を下げ、横に立っていた祐樹もつられたように一礼する。先週きた時にはおくびにも出さなかったので意外だった。沙耶香を見るが、彼女も驚きが冷めやらぬようだ。沙耶香と同等の長期入院を強いられるような難病であるはずなのに、いきなりの退院はどうにも腑《ふ》に落ちない。だが、初対面の母親に根掘り葉掘り聞くことには抵抗があった。何といってもこれは犯罪ではなく、また犬養個人の話でもない。不用意に立ち入ったら、沙耶香に迷惑が及ぶ。

「それはおめでとうございます」

社交辞令を口にするのが精一杯だった。

「沙耶香ちゃんにはウチの祐樹が色々とお世話になったみたいで」

「お世話だなんてとんでもない。勉強を見てもらったのは娘の方です。何とお礼を言ったらいいか」

「いいえ。入院生活なんて退屈な上に殺風景なものですからね。沙耶香ちゃんが話し相手になってくれて大助かりでした」

「確かウチの方が先に入院していたのに、先を越されましたね」

「あの……病気が治った訳ではないんです」

聡子は申し訳なさそうに付け加える。

「別の治療法に切り替えようと思いまして……これだけ入院治療を続けていても、病状は一進一退だし、費用も嵩《かさ》む一方だし」

悪い癖だと思いつつ、犬養はさりげなく聡子の身なりを観察する。着ているシャツと靴を値踏みし、装身具の有無を確かめる。

聡子の着ているものはいずれも量販店で売られているものだ。ローファーも長く履いていると靴底が剝《は》がれかねないような代物だ。指先は荒れ、ネイルに時間をかける余裕などない生活を物語っている。費用が嵩む割に病状の好転が望めないので退院するというのは本当なのだろう。

「別の治療法というのは他の病院に転院されるのですか。それとも転地療養とか」

「しばらく自宅療養に切り替えようと思うんです」

すぐに違和感を覚えた。帝都大附属病院は国内屈指の医療技術と最新の設備を備えた施設だ。前の女房も、そうした評判を耳にしたからこそ沙耶香の入院先をここに決めたはずだった。最新の医療設備に勝る自宅療養というのはなかなか想像がつかない。おそらく入院費用が尽きたのだろうと勝手に解釈した。

「早く治るように祈っています」

「こちらこそ。できれば病院の外でお会いしたいものですね」

「お大事に」

最後にもう一礼してから庄野母子《おやこ》は病室から出ていった。割り切れない気持ちはあるが、入退院は本人とその家族の問題だ。他人が口出しする話ではない。

一方、二人の背中を見送っていた沙耶香は何故か神妙だった。

「どうかしたか」

「うん。あの、わたしって結構恵まれてると思って」

「長期入院しているのにか」

「長期入院してられるのは、お父さんが費用を払ってくれるからだもの」

離婚の際、沙耶香の親権は女房が持っていった。従って沙耶香の入院費用を犬養が負担する謂《いわ》れはなかったが、これは意地でも自分が負担すると犬養が押し切ったという経緯《いきさつ》がある。

「父親なら当然だろう」

「それが当然じゃない家もある」

庄野家を指しているのは言うまでもなかった。

「家庭の事情なんてそれぞれだからな。元から比較するようなものじゃない」

「比較しちゃうよ。昨日までずっと同じフロアにいて、同じような境遇だったんだから」

「……そんなに仲がよかったのか」

父親の浅はかな疑念を沙耶香は一刀両断に笑い飛ばす。

「馬っ鹿ねー、お父さん」

「馬鹿とは何だ、馬鹿とは」

「そーいうんじゃなくって、祐樹くんとは戦友みたいな仲なの」

「戦友とは、また古めかしい喩《たと》えだな」

「同じゴールを目指す受験生同士みたいな、そんな感じ。だからちょっと気になって」

「自宅療養は戦線離脱みたいに思えるのか」

「そうじゃないけど……」

「自宅療養に切り替えたからって治療を諦《あきら》めた訳じゃない。闘い方と闘う場所を変えてみたんじゃないのか」

沙耶香は怪訝《けげん》な顔をするので、これは説明が必要だろう。

「家庭の事情は人それぞれだと言っただろ。親の立場だったり収入だったり、ひょっとしたら住んでいる国や場所によって、満足な治療を受けられる者とそうでない者が出てくる。闘う条件が異なるのに、同じ戦場で同じ闘い方をしても活路は見出《みいだ》せない。それなら今いる場所から離れてみるのも、一つの手だろうな」

自分で喋りながら嘘臭い話だと自覚する。全ては沙耶香を落ち込ませたくないための欺瞞《ぎまん》だが、喩えにしても滑稽《こっけい》過ぎる。

庄野母子が自宅療養を決意したのが偏《ひとえ》に経済的理由からであるのは火を見るより明らかだった。それは沙耶香も承知しているに違いない。しかし承知していることを再確認しても辛いだけで、事態が好転する訳ではない。

「彼、慢性糸球体腎炎だったな」

「詳しい病名、知っているよ。フィブロネクチン腎症。祐樹くんから教えてもらった」

祐樹からの説明によればフィブロネクチン腎症は遺伝子の異常によって発生する疾病であり、蛋白尿《たんぱくにょう》と血尿に加え高血圧が主な症状だという。症状が進めば腎機能が低下し続け、やがて末期腎不全に至る。

「だから腎不全のわたしとは病気自体似てるんだよね」

沙耶香が祐樹を戦友扱いするのは、それも理由の一つだったか。

「戦友がいなくなって寂しいのは分かる」

「あー、お父さんも明日香さんとコンビ組んでるもんね」

「あいつと別れても寂しいとは思わないが、祐樹くんのことが心配なら、そして彼を戦友だと思うのなら、お前が病気に立ち向かわなけりゃ話にならない。そうだろ」

沙耶香は神妙な顔つきで頷《うなず》いた。

「何だか上手《うま》く乗せられたような気がしないでもない」

「乗らなかったら戦友に顔向けできなくなるぞ」

「お父さん、職場で重宝されるタイプよね、絶対」

「それなりに長く勤めている」

「でも、絶対に女子からは好かれそうにないタイプ」

両方とも当たっていたが、敢《あ》えて返事はしなかった。


それから一カ月後、関東甲信地方が梅雨入りを宣言した六月十五日に、犬養と沙耶香は久しぶりに祐樹の名前を耳にした。

犬養が病室で沙耶香と話し込んでいると、担当看護師の岩井《いわい》麻友子《まゆこ》が入ってきた。

「測定の時間です」

毎日、決まった時間に血圧・体温・脈拍を測る。バイタルサインチェックと呼称しているが、沙耶香はいつも難しい顔でこれに臨む。

「いい加減、慣れてくれないとね」

岩井看護師もつられて難しい顔をする。

「数えたことないけど、もう千回は測定している計算になるのよ」

「身体のあちこちを管理されてるみたいで落ち着かない」

「みたい、じゃなくて管理しているの。改めて言いたくないけど、あなたは患者さんなの。体温や脈拍に大きな変化があったら、それだけで大ごとなの」

「それはそうなんだけど」

傍《はた》で聞いている犬養は思わず苦笑しそうになる。いかにも子供じみた抵抗で、まだ娘が精神的には幼いことの証明だった。

「測定できるだけ幸せなんだから……」

岩井看護師は言いかけてやめた。

しまったと顔に書いてある。犬養は見逃さなかった。

「岩井さん、何かあったんですか」

「何でもありません」

何でもないという態度には到底思えなかった。

「誰かが、もう測定できなくなったという意味ですよね。それも、かつてあなたがバイタルサインチェックを担当していた人物が」

口にしてから自己嫌悪に陥る。たったひと言でも、気になったら質問してしまうのはもはや職業病だった。

問われた岩井看護師は表情を凝固させたまま、ゆっくりとこちらに向いた。

「どうせ、遅かれ早かれ知られてしまうんでしょうね」

彼女の口調が不安を煽《あお》る。

「わたしたちの知っている患者さんなんですね」

「先月まで同じフロアに入っていた庄野祐樹くんが、昨日自宅で亡くなったそうです」

犬養は驚くと同時に、沙耶香に視線を投げた。

沙耶香は呆気《あっけ》に取られていた。

「嘘」

「今朝早く、お母さんから連絡がありました」

「嘘」

「嘘なら、どれだけいいか」

岩井看護師の顔は歪《ゆが》んでいた。泣くのを必死に堪《こら》えている顔だった。

「ナースステーションにかかってきた電話だったので録音されていました。わたし、何度も再生したんです。間違いありません」

それが限界だったのだろう。岩井看護師は顔を俯《うつむ》けると、逃げるように病室から出ていった。

沙耶香は呆然《ぼうぜん》としながら、のろのろとベッドから降りる。

まずい。

犬養は沙耶香に駆け寄り、華奢《きゃしゃ》な肩に触れようとした。

しかしその寸前、「心配ない」と沙耶香の唇が動いた。

犬養は伸ばしかけた手を途中で止め、娘の動きを注視する。

「もうガキじゃないから……でも、まだ信じられない」

明らかに顔から血の気が引いていた。

「座れ」

「死ぬなんて。全然、そんな風に見えなかったのに」

「いいから座れ」

昏倒《こんとう》を防ぐため、身体を支えて無理にベッドへ座らせた。

「でも、いったい、どうして」

岩井看護師の話では詳細が分からない。分かっているのは祐樹が昨日死んだことと、それを知らせたのが母親という二点だけだ。

不意に、腕に力を感じた。沙耶香が犬養の上腕を握り締めていた。

「まさか、自殺なんてするはずない」

自分に言い聞かせるような口調だった。

「まだ自殺とも何とも聞いていないだろう」

「病気が悪化したのなら自分家《ち》で死ぬのも有り得ない。ここでなくても他の病院に担ぎ込まれるはずだもの」

「落ち着け、沙耶香」

「死んだのが昨日なら、お葬式は明日《あした》以降よね」

こちらに向き直った沙耶香は、憑《つ》かれたような目をしていた。

「わたし、祐樹くんのお葬式に出る」

宥《なだ》めようとしたが言葉が閊《つか》えて出てこなかった。

犬養自身も葬儀に参列したいと思ったからだ。

2

祐樹の告別式は沙耶香の予想した通り、三日後の午後に執り行われた。死亡した直後は警察の検視があるので、どうしても半日ほどのタイムラグが生じる。不審死の場合はこれに解剖が加わるので尚更《なおさら》だ。

沙耶香が葬儀に参列するのを最後まで拒んでいたのは別れた女房だった。だが本人のたっての希望には逆らいきれず、長い電話でのやり取りの末、とうとう承諾してしまったらしい。元々沙耶香には誰に似たのか、こうと決めたら梃《てこ》でも動かない強情な一面があり、今回はそれが功を奏したかたちとなった。

病院側には外出許可を取っていたが、保護者同伴という条件が付いていた。無論、今回は犬養がその役目を負っている。

梅雨入りが宣言されたばかりで、十八日当日も朝から雨模様だった。葬儀の行われる大田区《おおた》の臨海斎場に向かうクルマの中、沙耶香は終始俯いていた。

「学生服に袖《そで》を通すのは何年ぶりかな」

「こんなかたちで着たくなかった」

場を和ませようと発した言葉が、見事なまでに滑る。

「しつこい雨だな。せめて葬儀の時間にはやんでくれればいいのに」

「晴れだったら余計にめげる」

「……そうだな」

梅雨時の雨はしとしとと柔らかく降り続け、一向にやむ気配がない。見上げれば鈍色《にびいろ》の雲が空一面を覆っている。

ふと晴れの日の葬儀と雨の日のそれを比較してみる。沙耶香の弁にも一理あり、確かに晴れの日の葬儀がひどく白々しく感じる時もある。

死者が天寿を全うできなかった場合だ。

祝福される死とそうでない死が歴然と存在する。庄野祐樹の死は紛れもなく後者だった。

十五歳の死。

沙耶香が萎《しお》れているのは何も戦友を失ったからだけではないだろう。人の命の儚《はかな》さを至近距離で味わっているからに相違ない。十五歳というのは幼く、しかし敏感な年頃だ。犬養がすっかり摩耗してしまった感性が、尖《とが》ったままで剝《む》き出しになっている。

不意に恐怖が襲い掛かってきた。

他人の子供の死ですら、こんなにも様々な感情が渦巻く。同情・無念・哀切・悲嘆・無常。母親の聡子は今この時をどんな気持ちで過ごしているのか、想像するだけで胸が痛む。だが所《しょ》詮《せん》は他人の子供だから、まだこの程度で済む。

仮に沙耶香が死んでしまったら――犬養はそこまで考えてから、慌てて思考に蓋《ふた》をした。うっかり想像するのも憚《はばか》られる。まさか悲しみのあまり死んでしまうようなことはないだろうが、精神的にかなり深刻なダメージを受けるのは容易に予測できる。

犬養が戸惑っていると、ぽつりと沙耶香が洩らした。

「でも、雨の日の葬式もめげる」

「……そうだな」

車中の会話はそれっきりで途絶えた。

斎場に到着すると、駐車場はまだまだ空《す》いていた。式の開始まで間もなくというのにこの様子では、参列者もさほど多くないだろうと思える。長らく入院を続けた子供が死ぬと、やはり会葬者は少なくなるのだろうかと、犬養は嫌な気持ちになる。

記帳所の列もたったの三人待ちだった。端に立っているのは聡子と、おそらく夫だろう。二人とも参列者一人一人に深々と頭を下げている。

遠くから眺めていた犬養は二人の悄然《しょうぜん》とした姿に胸を打たれる。幽鬼のような、とまではいかないにせよ、二人からはおよそ生気が感じられない。気力体力の全てを消費し尽くし、人が空洞となって立っているような印象がある。

順番がきて犬養と沙耶香の姿を認めると、聡子はわずかに動揺する素振りを見せた。

「沙耶香ちゃんのお父さん」

「この度はご愁傷様です」

「お運びいただきまして、有難うございます。沙耶香ちゃんまで……わざわざ外出許可を取って来てくれたの」

「おばさん。ホントに、こんなことになって」

「きっと祐樹も喜ぶと思うわ」

犬養たちが斎場に入って間もなく、告別式が始まった。静かなクラシックが流れる中、司会者による祐樹のプロフィール紹介が行われる。しかし十五年の生涯で語られることはあまりに少なく、ものの二分ほどで紹介は終わった。

一人の僧侶《そうりょ》が祭壇の前に立ち、読経を始める。低く陰鬱《いんうつ》な声が流れ出すと、空気まで重くなるようだった。

参列者には同年代と思《おぼ》しき生徒たちの姿も確認できる。祐樹のクラスメイトなのだろうが、彼らのお蔭《かげ》で沙耶香の学生服が目立たずに済む。

犬養は早くも後悔し始めていた。自分と祐樹はさほど接点がなかったが、それでも子供の弔いは気が滅入《めい》る。本来なら死んではならない者の死が理不尽さを募らせるからだ。

少年の死は沙耶香の死をも連想させる。しかも二人は似た病に苦しむ者同士だった。共通点が多ければ多いほど、犬養の中で怖れが増幅される。有り得ないと信じていた確率が一気に跳ね上がったような焦燥に駆られる。

よくない思考回路だ、と思った。葬儀の席上で死を意識するなというのは無理な注文だが、それにしても意識し過ぎる。

気を紛らわせるために参列者を観察し始めたのは、半ば職業病のようなものだった。

祐樹のクラスメイトと思しき生徒とその保護者たち。大人だけがぽつんと立っているのは父親か母親の知り合いだろう。犬養と同様に身につまされるのか、ほとんどの者が切なげに顔を歪めている。

いや、例外も存在した。

参列者の最後尾、目立たない場所に立っている男の顔には哀悼の色など露ほども浮かんでいない。温度を感じさせない目で周囲の様子を窺《うかが》っている。まるで今の犬養のように。

犬養は直感した。彼は警察官だ。

長く刑事を務めていると同業者かそうでないかは結構な確率で判別できるようになる。犬養の勘が外れていなければ、彼は容疑者の目星をつけ、観察するために紛れ込んでいる刑事に違いなかった。

読経の声がいったん途切れ、司会者が割って入る。

『それでは故人との最後の挨拶《あいさつ》になります。参列者の皆さまは前列右端から順番に、棺《ひつぎ》の窓から故人にお別れを言ってあげてください』

司会者の案内を合図に参列者が一人ずつ棺の前に移動する。この頃から前方で啜《すす》り泣きの声が洩れ始めた。

犬養はそれとなく最後尾にいる男の動きに注意を払う。刑事らしき人間が紛れ込んでいる時点で、祐樹の死はただの病死でないと推察できる。遺体が司法解剖されたかどうかも気になる。

十数分後、やっと沙耶香の順番が回ってきた。沙耶香はまだ泣いていないものの、かつて自分の病状を知らされた時のように陰鬱な顔をしている。棺に屈《かが》み込み、小窓から死者の顔を覗《のぞ》く。

隣から見守っていると、それまで沈んでばかりだった沙耶香の表情に微《かす》かな変化が現れた。何か腑に落ちないとでもいうように眉《まゆ》を顰《ひそ》めている。

「どうかしたのか」

小声で話しかけると、沙耶香は不審げに首を傾げてみせた。

「祐樹くん、首から下に変な痣《あざ》がある」

犬養も小窓から祐樹の死に顔を覗き込む。鎖骨から下が経帷子《きようかたびら》に隠れているが、仔細《しさい》に見ると確かに痣らしきものが確認できる。

咄嗟《とっさ》に思いついたのは家庭内虐待だ。入院治療費ばかりが嵩み、一向に病状が快復しない息子に対し、両親あるいは一方の親が怒りの感情をぶつける——ありそうな可能性に背筋がぞわぞわと不快を覚える。子供を持つ親として皮膚感覚で伝わる嫌悪と恐怖だった。

このまま遺体を荼毘《だび》に付してしまえば、虐待の痕跡《こんせき》も消えてしまう。確保するには出棺までに手を打たなければ、遺体は火葬場に直行だ。

「少しの間、席を外す」

そう言い残して、犬養は列から離れる。ここに至って腹の探り合いをしても仕方がない。捜査権を持つ者と協議するのが正攻法だろう。

参列者の波を掻《か》き分け、最後尾に立つ男に駆け寄る。男は突然のことに警戒心を露《あら》わにした。

「失礼」

犬養がそう言って警察手帳を提示すると、男は即座に警戒を解いた。

「ご同業でしたか。こちらこそ失礼しました。池上《いけがみ》署強行犯係の志度《しど》です」

「故人の件でお伺いしたいことがあります。今、よろしいですか」

「ここに参列されているのなら、庄野祐樹とは何らかの関係があるんですよね。それならわたしも伺いたいことがあります。別室に移動しましょう」

運よく遺族の控室が空いていたので、二人は中に入る。いったん廊下を確認したが、告別式から抜け出したのは犬養たちだけだった。

「以前、祐樹くんは娘と同じ病棟でした」

間柄を説明された志度はすぐに納得してくれた。

「ははあ、娘さん絡みでしたか」

「自宅療養に切り替えて一カ月後の死亡。娘ともども、いくつか疑問に思っています」

「そのさなかに警察官らしき男を告別式で見かけたので、突撃を試みたと。いやあ、ひと目で刑事とバレるなんてお恥ずかしい限りですね」

「強行犯係の志度さんが張っているのは、祐樹くんが不審死だったからではありませんか」

「不審と言えば不審ですが、死因そのものに問題はありませんでした」

「やはり司法解剖したんですね」

「自宅で息子が死んだとの通報を受けて救急車が駆けつけたところ、現場で庄野祐樹の死亡を確認しました。一応、救急センターに搬送したのですが蘇生《そせい》させられませんでした」

「検視はその直後だったんですね」

「病院で死亡していたら病死で片付いたんですがね。搬送先で裸にして検分すると、全身が痣だらけだったんですよ」

「さっき鎖骨の下に痣を見つけたのですが、全身に及んでいたんですか」

「打ち身でできた痣ではなく、棒状のものを押し当てたような痕《あと》でした。検視官は司法解剖が必要だと判断しました。帝都大附属病院に入院していた庄野祐樹が一カ月前から自宅療養に切り替えた事実が虐待を疑わせましたから」

「やはり虐待だったのですか」

それが、と志度の説明がトーンダウンする。

「大学の法医学教室で解剖したのですが、死因は肺水腫《すいしゅ》と高カリウム血症。つまり末期腎不全の症状そのものだったんです。従って庄野祐樹が病死であることには何ら疑いがありません」

入院中、祐樹はフィブロネクチン腎症と診断されたと聞いていた。では入院治療中か自宅療養に切り替えてから腎不全に進んだということなのか。

「死因は腎不全。しかし全身に残った痣には事件性が感じられました」

「それで強行犯係のお出ましという訳ですか。庄野夫婦に事情聴取はしたんですか」

「二人とも知らぬ存ぜぬの一点張りでしてね」

志度は参ったというように肩を竦《すく》めてみせる。

「息子が転倒した際にできた痣だろうって。まあ痣といっても激痛を伴うような深いものでもなく、腎不全による病死というのは確かなので、それ以上は追及できなかったんです。早々と葬儀の手続きを進めてもいましたしね」

司法解剖が済んでいるのなら、遺体が火葬されても慌てることはない。犬養はひと安心したが、痣についての疑問は何も解決していないことに気がつく。

「世を儚んで自殺という線も浮かびましたが、剖検はその可能性を封殺しました。首吊《つ》り・リストカット・服毒、いずれも痕跡は残っていません。池上署の見解は依然として病死です」

「しかし、現に志度さんがここにいる」

「池上署の見解とわたしの見解は違います。死因との直接の関連はないにしても、あの痣の説明がつかない限りわたしは納得できません」

どうやら志度は自分と似たタイプの刑事らしいと知り、犬養は安堵《あんど》する。

「告別式に紛れ込んだのは、彼の身体に痣を残した者が参列していないかと期待したからです」

「それらしき人物はいましたか」

志度は残念そうに、首を横に振る。

「少しでも笑っているヤツを見かけたらマークしてやろうと張り切っていたんですけどね。そんな不謹慎な者は一人もいませんでしたよ」

「剖検や遺体の写真を拝見できますか」

「構いません。署まできていただければお見せしますよ。ということは犬養さんも痣の由来に興味があるんですね」

「入院期間中にこしらえた痣なら主治医や担当看護師が見逃すはずもないでしょう。痣は間違いなく自宅療養に切り替えてからつけられたものですよ。それに一つ一つの痣は激痛を伴うものでなくても、全身に加えられているのなら立派な暴力です。死因が病死であっても、加虐の事実が消える訳でもない」

「仰《おっしゃ》る通りです」

志度は我が意を得たりとばかりに頷く。

「両親とともに闘病した末の病死と、虐待の挙句の死では意味合いが一八〇度違う。もし後者だった場合、このまま捜査を終わらせたら死んだ子供が不憫《ふびん》過ぎます」

「志度さん、お子さんはいらっしゃいますか」

「ええ、まだ言葉も話せませんが」

では職業意識以前に、父親としての義憤が働いているということか。また一つ共通点を見つけて、犬養は内心で苦笑する。

出棺を見届けてから池上署に出向くのを約束して、二人は控室を出る。告別式に戻ると故人とのお別れは最後尾の参列者まで達し、そろそろ式も終わりに近づいていた。

犬養は祭壇前に佇《たたず》む庄野夫妻に視線を移す。夫婦とも沈痛な面持ちで項垂《うなだ》れており、そこに虐待や謀殺の影は認められない。だが表情などいくらでも作ることができる。俳優養成所出身の犬養にとって、表情の操作など児戯にも等しかったではないか。

『そろそろ出棺の時間です。参列者の皆さまはいったん会場からお出になってください』

司会者の誘導に従って、全員が出口へと向かう。会場の外では既に霊柩車《れいきゅう》がリアドアを開けて棺の搬入を待っている。

祐樹の父と他五人が棺を担ぎ、聡子は遺影を胸に抱く。六人で棺を担いでいるものの重そうには見えず、それが一層の哀れを誘った。

棺が収納され、庄野夫妻が乗り込むと、霊柩車は高く長いクラクションを鳴らした。

祐樹のクラスメイトらしき女子が、ここぞとばかりに泣き叫ぶが、クラクションに掻き消されて最後まで聞こえない。

するすると霊柩車が斎場を出ていく。更に泣き叫ぶ女子に、もらい泣きする母親たちが加わった。

沙耶香はと見れば、霊柩車の後ろを睨《にら》みつけるだけで涙は流していない。しかし固く結んだ唇が彼女の気持ちを代弁していた。

「さっき、所轄の担当者から聞いた。祐樹くんの痣は一つや二つじゃなかったらしい」

犬養が耳打ちしても、沙耶香は身じろぎ一つしない。ただただ正面を見つめ続けている。

「所轄の刑事さんがいたってことは、やっぱり警察も祐樹くんが病死だと信じていないのね」

「正確には、疑っている者もいるということだ」

「お父さん」

「何だ」

「祐樹くんが病死じゃないなら、本当のことを突き止めて。必ず」

3

翌日、犬養が池上署を訪ねると志度とはすぐに会えた。

「お待ちしていましたよ」

事前に用件を伝えているので話は早かった。刑事部屋の隅で、志度は剖検と遺体写真を取り出す。

剖検を一瞥《いちべつ》すると確かに直接の死因は肺水腫および高カリウム血症と明記されている。所見欄には「胸部から下肢にかけて無数の痣。ただしいずれも皮下組織に留《とど》まり、浅い。一部は軽度の内出血となっている」とある。

ただし添付された写真を見ると、所見の記載とはまるで違った印象を持たざるを得ない。写真は庄野祐樹の上半身と下半身および背面をアップで捉《とら》えているが、首から上を除いてほぼ全部位に痣が残っている。生前の状態はいざ知らず、死後の変色で浅黒くなっている。そのため全身が斑模様《まだら》となり、見るからに異様な姿だった。

「こんな風でも法医学的には特筆すべきものではないんですね」

「司法解剖の目的は死因の特定ですからね。それ以外は痣であろうと背中一面の彫り物であろうと、さして重要ではないのでしょう」

志度は苦笑交じりに答える。

「志度さんはこの痣から何を想像しますか」

「刑事でなくてもDV（ドメスティック・バイオレンス）を疑わざるを得ません。ついては検視官にも執刀を担当した教授にも確認しましたが、この程度の痣は打撲というよりも強く揉《も》んだ程度の痕と説明されました」

「しかし、いくら揉む程度といっても全身隈《くま》なく長時間に亘《わた》って行えば立派な加虐ですよ」

「それでも死因に関連がなければ同じです」

「気になりませんか」

「もちろん気になりますとも」

志度は語気を強めた。

「死因よりも、死に至るまでの過程こそが問題だと思っています。直接の死因が腎不全であっても、直前まで精神的・肉体的な暴力が行使されたのならむしろそちらが問われるべきでしょう」

「同意します。たとえ死因でもなく暴力でなくても、この痣のつき方は異常だ。しかし、いったいどんな風に弄《いじ》ったらこんな痣になるのか」

「少なくとも何か道具を使用していますね。素手では無理でしょう」

志度はシャツの袖を捲《まく》り、自分の二の腕を握ってみせる。

「人の手で暴力を加えると、どうしても痣は拳《こぶし》や手の平のかたちになります。こんな風に綺麗《きれい》な線で斑になることはない」

「気になる点がもう一つ。庄野祐樹くんは自宅で亡くなっています。それがどうにも腑に落ちない」

「急速に症状が悪化すれば、病院へ運ぶのも間に合わなかったのではないですか」

「腎不全末期ともなれば相応の症状、たとえば身体のだるさも相当だったと思うんです。いくら自宅療養に切り替えたといっても、末期症状が出れば病院に連絡くらいはするはずでしょう」

犬養は念のため、帝都大附属病院に確認を取っていた。祐樹の死亡が病院側に伝えられたのは六月十五日の朝だ。だが、それ以前に症状が急変したという知らせは為《な》されていなかった。

「ああ、腎疾患にはお詳しかったんでしたね」

「怪我の功名というか……」

全ては沙耶香所以《ゆえん》の知識だ。誇れる筋合いのものではない。

「おそらく祐樹くんは絶命の寸前、ひどく苦しがったと思うんです。しかし、それにも拘《かか》わらず両親は彼が息絶えるまで病院に連絡しなかった」

「犬養さん、何か仮説がありそうですね」

「祐樹くんは自宅に監禁されていた可能性があります」

犬養の仮説を聞いた志度はわずかに顔を顰《しか》める。

「自分の子供を監禁ですか。虐待を視野に入れれば、確かに成り立つ推測ですね。容態が悪化してもなかなか病院に連絡しなかったのは、虐待の痕を見られたくない気持ちが先に立ったと解釈できる。もっとも、結局は検視となって全身を隈なく観察される羽目になりましたが」

死因に直結はしないものの、虐待の事実を疑わせるには充分な痣。管轄の池上署が病死と判断している案件を再捜査するには甚だ薄弱な根拠であるのは承知している。しかし、ともに父親という立場が二人を前のめりにさせていた。

とにかく解剖を担当した執刀医に直接会うべきだろうと意見が一致し、二人は池上署を出た。

犬養と志度が向かった先は東京医大法医学教室だった。教室の隅で十分ほど待っていると、執刀を担当した村迫《むらさこ》教授が姿を現した。本来せっかちな性分なのか、互いに自己紹介を終えるや否やすぐ説明に入った。

「お待たせしました。先日解剖した遺体の件でしたね。剖検ではご納得いきませんでしたか」

柔らかな物腰ながらいくぶん挑発的なのは、プライドを傷つけられたからだろう。事前の打ち合わせで聞き手に決まっていた犬養が、弁解を交えて対応する。

「いえ。先生の剖検は簡にして要を得ています。本日伺ったのは、剖検に記載されていなかった事柄についてお訊きしたかったからです」

「具体的には」

「所見に記載されていた無数の痣についてです」

ああ、と村迫は合点がいったように頷く。

「全身を覆う痣なので言及しない訳にはいきませんでした。看過してしまうと不自然ですしね。しかし剖検に記したように、少年の死因は肺水腫と高カリウム血症によるものです。身体全体に浮腫が認められ、血液分析をした結果も高カリウム濃度を証明しています」

「死因について疑義を差し挟むものではありません」

「しかし、現に所轄署と警視庁から二人の捜査員がお出《い》でになっている」

「痣についての詳細を。村迫先生のご意見を伺いたく参上したのです。先生はあの痣をどうお考えなのでしょうか」

「ひょっとして虐待の可能性をお考えですか。それなら限りなく疑わしいと申しておきましょう。自傷行為とするには無理な部位にも痣が残っていますので」

「虐待が本人の死に結びついたという可能性はありませんか」

「何とも言えませんね」

村迫は苦笑しながら頭を掻く。

「本来、法医学者というのは死因以外についてコミットしないのが普通です。変に個人的見解を披露したところで自己満足に過ぎませんし、第一警察に不必要な先入観を抱かせてしまったら本末転倒でしょう」

「既に剖検が上がっており、池上署は病死と判断しています。今更先生がどんな個人的見解を口にしても池上署の判断は覆りません」

「つまり何を言っても責任を取る羽目にはならないという理屈ですか。いささか強引な気がしなくもない」

「直接の死因が何であれ、一人の少年が死んでいます。その経緯を明らかにするのに強引も穏便もないと思っています」

横に座った志度も同意を示すように頷いてみせる。二人を代わる代わる見ていた村迫は渋々といった様子で口を開く。

「少年が虐待されていたのでは、という質問でしたね。正直、その可能性は大きいと思いました」

「根拠は何ですか」

「痣に隠れて見えにくくなっていますが、少年の四肢には拘束されていた痕がありました。つまり身動きできない状態で全身に痣を刻み付けられた恰好《かっこう》と言えます」

「それでは立派に虐待の証拠になるじゃないですか」

「虐待と決めつけるにはあまりに浅い痣ですからね」

「痣が綺麗な直線を描いています。どんな風にすればあんなかたちになるんでしょうね」

「似たケースを見たことがあります。ちょっと待ってもらえますか」

村迫はいったん部屋を出て、数分後にファイルを抱えて戻ってきた。

「これをご覧ください」

二人は村迫から差し出されたファイルを覗き込み、その一枚に釘《くぎ》付けとなった。

一枚の死体写真。その臀部《でんぶ》から膝《ひざ》にかけて長方形の痣が数本並んでいる。長さの違いはあれど、祐樹の身体に残っていた痣とよく似ていた。

「これは一昨年、野球部内のイジメというかシゴキで死亡した男子生徒の遺体です」

言われて犬養は記憶を巡らせる。野球名門校として知られる学校で起きた悲劇だった。当初、学校と野球部は男子生徒への加虐を否定したが、度重なる聞き取りと司法解剖の結果、彼が部内リンチともいえるシゴキで死亡したのが明らかとなった。

「彼は下半身を何度もバットで殴打されていました。大腿部《だいたい》なので骨折には至りませんが、こうした長方形の痣が残りました。こっちはれっきとした打撲傷ですね」

「祐樹くんの痣は長方形どころか帯状になっていますが」

「ええ。しかし形状そのものは酷似しています。従って少年の痣もバットに似た道具で作られたのではないでしょうか」

「確かに二つの痣は形状が似ています。しかし祐樹くんの場合にはその面積を見ても、かなり執拗《しつよう》なものを感じずにはいられません」

「同感です」

志度も前のめりになって口を開く。

「首から下はほぼ隈なく痣があります。本人に対して何か強烈な思いがなければ、あんな所業には至らないように思います」

「志度さんは所轄署の刑事さんでしたね。現場で少年の痣を確認したのですか」

「救急隊員が自宅で死亡を確認し、わたしが痣を確認したのは病院へ搬送されてからです」

「病院では両親も同席していたんですよね。少年の身体に痣が残っているのが判明した時、両親はどんな反応を示しましたか」

「知らぬ存ぜぬでしたよ」

志度は不貞腐《ふてくさ》れたように言う。

「あの有様を目の当たりにして不審に思わない警察官はいませんからね。その場で問い質《ただ》したのですが、二人ともそんな痣は今まで見たことがなかったとしらばっくれるんですよ。こちらとしては司法解剖の結果で本格的な尋問に移行しようとしていたんですけどね」

志度が不貞腐れるのも分かる。祐樹は自宅療養に切り替えてからは外出の機会もさほどなかったはずだ。そんな状況下で両親が痣について知らなかったというのは言い訳にしてもお粗末過ぎる。そして、そんなお粗末な言い訳を前に粘れなかった志度の口惜しさは容易に想像できた。

「野球部内でリンチに遭った男子生徒の件ですが、都大会の準々決勝の試合で彼がフライを落球したせいで敗退したのだとか。リンチはその直後に起こりました。本大会を最後に卒業する三年生部員が彼を責め始め、そのうち集団心理が働いて全員が虐待に加担することになった。彼らは精神注入と称して代わる代わるバットで男子生徒を殴打しました」

村迫は感情を面に出すタイプではないらしく、野球部員たちがリンチに走る様子を淡々と話す。感情が見えない分、静かな憤怒《ふんぬ》が伝わってくるようだった。

「若いから感情的になりやすいし歯止めも利かない。男子生徒の下半身に残った痣は、そのまま激情の発露といっても過言ではないでしょう。バットで殴った痕が不規則なのは、その象徴かもしれません。翻って、わたしが解剖した少年はどうか。仰る通り、全身隈なく、帯状の痣が同じ方向につけられています。断定はできませんが、こうした規則性は感情の発露とは真逆の性質を窺わせますね」

「つまり規則性を重んじる性質ですね。たとえば何がありますか」

「わたしが想像している一つに宗教的な儀式があります。それも真っ当なものではなく、黒ミサとか悪魔的なものですね」

唐突に妄想めいた話になったので犬養は面食らった。志度も同じらしく、一瞬だけ呆れた表情をしていた。

「お二人とも唖然《あぜん》としていらっしゃるようですが……」

「いや、先生が口にするには少しばかりファンタジックなような気がしまして」

「ファンタジック。果たしてそうでしょうか」

村迫は意味ありげに口角を上げてみせる。

「オウム何とかのカルト教団の教義にしても修行にしても行動にしても、すべてがファンタジックでした。しかし起こしたテロは現実のものでした。祐樹くんという少年が狂信的な儀式の犠牲者だったとしても、わたしは全く意外に思いませんね。いつでもどこでも現実世界から乖《かい》離《り》した夢想者は存在します。普段は常識人の顔をしていますが、頭の中では別の世界の住人になっているんですよ」

不意に精神の一部が強張《こわば》った。

今まで犬養が相手にしてきた犯罪者は倫理的に問題があっても現実世界の論理と社会性を備えていた。性格に難があっても犬養の常識内に収まる容疑者ばかりだった。だから事件を追っていても想定内の範囲で解決するという安心感があった。

村迫の放ったひと言は犬養の安心感を根底から揺さぶるものだ。夢想者・狂信者・別世界の住人。どれもこれも犬養の常識とは無縁の者たちだ。

自分の常識が通用しない人間を向こうに回し、果たして心理を読むことができるのか。どこまで追い詰めることができるのか。

「少年の直接の死因は肺水腫と高カリウム血症。誤解を恐れずに言えば病死であったのは不幸中の幸いです。得体の知れない痣が死因になったのなら少年も浮かばれない」

「いや、病死にしたって浮かばれませんよ」

咄嗟に口をついて出た。

「祐樹くんはまだ十五歳でした。わずか十五歳の子供が浮かばれる死なんて有り得ませんよ」

犬養の口調が激しかったせいか、村迫はきまり悪そうに頭を下げる。

「申し訳ありません。つい自分の言葉に酔ってしまいました。わたしの悪い癖です」

村迫は犬養からファイルを受け取ると、大事そうに机の上に置く。

「法医学教室に送られてくる死体に名前は大した意味を持ちません。ただし死体の形状には何らかの意味があり、死体は絶えず何かを語りたがっている。そういう死体を毎日解剖し続けていると、道理に合った死とそうでない死を分けてしまうことがあります。もっとも、わたしだけの感覚かもしれませんけどね」


警視庁に戻った犬養を待っていたのは班長の麻生《あそう》だ。

「さっき池上署から連絡が入った。所轄の捜査員と法医学教室に行ったそうじゃないか」

麻生は無表情を装っているものの、右手の中指でこつこつと机を叩《たた》いている。犬養の行動に苛立《いらだ》っている証拠だった。

「コロシかタタキか。こっちには何の連絡も入っていないが」

「現状、どちらでもありません。池上署は事件性なしと判断しています」

「事件性なしの案件で、どうして法医学教室詣《もう》でをしなきゃならん」

「死んだ少年、満更知らない相手じゃないんですよ」

庄野祐樹と沙耶香の関係、更に祐樹の身体に残っていた痣の話を聞くと、麻生は興味を覚えたようだった。

「全身を覆う帯状の痣か。確かに奇妙だな。しかし死因と直接の関係はないんだろう。だからこそ池上署は事件性なしと判断した」

「腑に落ちないものですから」

「腑に落ちないだと」

鸚鵡《おうむ》返しに言うと、再び中指が机を叩き始めた。

「ウチの班が今どれだけの事件を抱えているか知っているか」

「知っていますよ。その全部に駆り出されていますから」

「所轄の、しかも事件性なしと判断された案件に首を突っ込む余裕なんてないはずだぞ」

「何とかやり繰りしています」

「そのやり繰りしている時間、抱えている事件に回したら早期解決するかもしれんのだぞ」

闇雲に増員したり歩き回ったりしても早期解決に結びつくのは一部だけだ。初動捜査の的確さと人員を投入するポイント。それこそが早期解決への常道であり、麻生が知らないはずもなかった。

「公私混同だと思わんか」

麻生はようやく怒気を露《あら》わにした。

「お前は娘可愛さに普段の判断力を失っている」

「普段から大した判断力じゃありませんよ」

公私混同と言われて自尊心が大いに傷付けられたので、どうしても返事が尖る。

だが犬養は自覚している。言われて傷付くのは一面の真実が混じっているからだ。

「卑下して逃げるつもりか」

「逃げるつもりは毛頭ありません。ただ、事件性なしと判断しているのは、あくまで池上署です」

「事件性があるっていうのか。司法解剖の結果は病死なんだろう」

「死因が病死であっても、犯罪性がないと決まった訳じゃありません。全身に残る帯状の痣なんて、どう考えても普通じゃありません」

「普通じゃないのは俺も認める。百歩譲って家庭内の虐待があったとも仮定しよう。しかし病死が証明されている以上、打撲傷にもならないような痣をつけることを犯罪として立件できるのか」

犬養は抗弁のために記憶をまさぐる。

怪我の大小が虐待の成立要件ではない。たとえば厚生労働省が児童虐待と定義するのは次の四つだ。

（1）身体的虐待　殴る、蹴る、叩く、投げ落とす、激しく揺さぶる、やけどを負わせる、溺《おぼ》れさせる、首を絞める、縄などにより一室に拘束する　など
（2）性的虐待　子どもへの性的行為、性的行為を見せる、性器を触る又は触らせる、ポルノグラフィの被写体にする　など
（3）ネグレクト　家に閉じ込める、食事を与えない、ひどく不潔にする、自動車の中に放置する、重い病気になっても病院に連れて行かない　など
（4）心理的虐待　言葉による脅し、無視、きょうだい間での差別的扱い、子どもの目の前で家族に対して暴力をふるう（ドメスティック・バイオレンス：ＤＶ）、きょうだいに虐待行為を行うなど

　このうちの大部分は本人もしくは第三者の証言が必要となる。祐樹が死亡してしまった今、本人からの証言は得られない。残るは近隣住民からの証言だが、そもそも近所に知れ渡るような虐待が行われていたのなら、あれしきの痣で済むはずもない。

「お前のことだから必死に虐待の成立要件に当て嵌《は》まらないか考えているんだろう」

「まさか」

「何年、お前の上司をやっていると思う。見くびるな」

　麻生は鼻を鳴らして中指の動きを止めた。犬養の狼狽《ろうばい》を見て、少しは溜飲《りゅういん》が下がったようだ。

「仮に両親による虐待があったとしても、立件するのは困難だ。本人は既に病死。言い方はアレだが、立件も困難で殺人でもない案件に捜査一課の人員を割くことはできん」

「立件できるとしたらどうですか」

ここで退けば二度と祐樹の事件を捜査できなくなる。折れる訳にはいかなかった。

「近隣住民が虐待のあった事実を証言してくれるかもしれません。池上署は事件性なしと判断しているので、訊き込みもしていないはずです」

「所轄が事件性なしと判断した案件を警視庁の刑事が掘り返すんだ。どんだけ反感を買うか考えてみたのか」

言われるまでもない。所轄にスジも通さずに再捜査するのだから、各方面から睨まれるのはむしろ当然だ。組織は個人の独走を決して許さない。唯一許す場合があるとすれば、警察にとっての名誉を挽回《ばんかい》する時か、未然に不祥事を防ぐ時くらいのものだ。だが祐樹が病死であるのが証明された今、どう転んでも警察の不祥事に発展する要因は見当たらない。

「納得できないことに執着するのは悪かあない。しかし要らんトラブルを引き起こすな。折角、検挙率の高さで信望を得ているんだ。わざわざ自分で格下げするこたあないだろ」

「保身に回るほど格上とは思っていませんよ」

まずい、と頭の中で警告する自分がいた。売り言葉に買い言葉で、犬養はいつもの冷静さを失いつつある。このまま感情に流されたら碌な結果にならないのは火を見るよりも明らかだ。

今更上司に嫌われたところで構うものではないが、手枷《てかせ》足枷を嵌められたら自由に動けなくなる。祐樹が虐待されていたという証言を集めようとしている時、そういう事態だけは避けたい。

「了解しました」

咄嗟に機転が働いた。

「一課に迷惑はかけません」

「ふん」

麻生は再び鼻を鳴らすが、おそらく溜飲が下がったためのものではない。逆だ。犬養の意図するところを理解したための憤懣《ふんまん》だった。

祐樹の捜査を継続しないとは言っていない。再捜査が功を奏して事件が新たな展開を見せれば良し、空振りで終わったとしても池上署の判断の正しさを補完するだけの話だ。

麻生は間違いなく犬養の考えを見透かしている。その上で池上署への介入を禁じたという体裁を繕った。これで捜査を継続するうちに池上署から抗議が入っても、麻生は最低限の注意義務を果たしたことになる。

何のことはない。犬養も麻生も互いの思惑を承知した上で三文芝居をしているのだ。まどろっこしいとは思うものの、スジを通しておかなければおちおち命令違反もできない。

「一つ、確認しておきたい」

「何ですか」

「池上署の志度って男は信用できるのか」

「彼も子持ちです」

「……たったそれだけの共通点で信用しているのか」

「わたしの見るところ、嘘を吐くのが下手な人間です」

「お前はとんだ楽観主義者だよ」

そんな風に言われたのは初めてだったので、犬養はいささか戸惑った。

4

翌日、犬養は志度と示し合わせて庄野宅へと覆面パトカーで向かっていた。

「昨日、上司から問い質されましたよ。池上署の人間といったい何を探っているんだと」

犬養が打ち明けると、志度は真剣な口調で応じた。

「奇遇ですね。ウチも同じですよ。警視庁の人間を法医学教室に連れていった理由を説明しろと」

二人が同行しているのを監視しているのは警視庁だけではないらしい。上から下まできっちり管理されているのはさすが警察機構といったところか。

「志度さんはどんな言い訳をしたんですか」

「警視庁が所轄の事件に介入するのは、これが初めてではないでしょうと。そう説明すると上司は何となく納得したようです。そちらはどうですか」

「祐樹くんと娘が知り合いだったと説明しましたよ」

「そんな説明でよく納得してくれましたね」

「納得するはず、ないじゃないですか」

二人は顔を見合わせて穏やかに笑い出す。

「こうなってくると、是が非でも庄野祐樹が虐待死だという証拠を握らなきゃならないですね」

「志度さんが尋問した際、二人は隠し事をしているように見えましたか」

「唯々《ただただ》消沈している様子で、真実なのか虚偽なのか判然としませんでした。悄然《しょうぜん》としている遺族にそれ以上の厳しい質問をするのに抵抗があったのですが、今思えばあの時こそ追及するべきでした。つくづく自分の不甲斐なさに腹が立ちます」

庄野家は大田区東馬込《ひがしまごめ》三丁目にあった。古い住宅と新しい住宅が混在する町で、未《いま》だ下町風情がそこかしこに残っている。

志度は覆面パトカーを停め、斜め前方を指した。

「あの家ですか」

指先の延長上にスレート葺《ぶき》の平屋建てがあった。なるほど玄関ドアには〈忌中〉と張り紙がしてある。一見して建売住宅と分かる建物で、築二十年は経っていそうだった。

「母親はともかく父親の方は仕事で不在じゃないですか」

「父親は喜一郎《きいちろう》という男で携帯ショップに勤めているのですが、まだ忌中ですからね。いますよ」

玄関のインターフォンを鳴らすと、ややあって反応があった。

『はい』

聡子の声に違いなかった。

「池上署の志度です。今、よろしいでしょうか」

しばらく待っていると、やがてドアの隙間から聡子が顔を覗かせた。

「あっ……」

まさか犬養までがいるとは思わなかったのだろう。聡子は一瞬、言葉を失った。

聡子の狼狽をよそに志度が歩み寄る。

「おはようございます、庄野さん。ご主人もいらっしゃいますか」

「はい」

「祐樹くんの件で二、三お伺いしたいことがあります。お邪魔してよろしいですか」

「どうぞ」

犬養をちらちら見ながら力なく答える。消沈した態度を装っているとしたら大した演技力だと思った。

外見と同様、家の中も相応にくすんでいた。廊下の照明は暗く、まだ昼前だというのに天井がはっきりと見えない。

居間に喜一郎が座っており、聡子から来意を聞く前に軽く頭を下げてきた。

「池上署の志度さんと警視庁の犬養さんでしたね。今日はご一緒ですか」

「確認したいことが重なりましてね。まず祐樹くんの御霊前に手を合わさせてください」

「ご丁寧にどうも」

祐樹の遺影は床の間の仏壇横に飾ってあった。どうやら以前からそこに置かれていた仏壇らしくところどころ塗装が剝げている。

犬養はさりげなく仏壇を観察する。どこにでもあるありきたりの造作で奇異な部分は特に見当たらない。庄野夫婦が新興宗教にかぶれているのではと疑っていたが、この仏壇を見る限りそんな気配は感じられない。

二人で順番に手を合わせ、ようやく庄野夫婦に向き合った。ここでの質問は志度を優先させることにしてある。

「葬儀が終わって間もないのに、押し掛けて申し訳ありません」

いいえ、と喜一郎は頭を振る。

「お二人にはそれぞれのお立場でお世話になりました。どうぞ気にしないでください」

「多少は落ち着かれましたか」

「祐樹は長らく闘病生活を送っていましたから、わたしたちも心のどこかで覚悟はしていたんです。だから突然亡くなったという感じはしなくて、冷たい言い方に聞こえるかもしれませんがいきなり予定が早まったような気分なんです」

犬養がそっと観察すると、聡子はただ項垂れているだけで肯定も否定もしようとしない。

「病院のベッドの上ではなく自宅で看取《みと》ってやれたのがせめてもの救いですが……まあ気休めでしょう」

「最期はあまり苦しまずに済みましたか」

「ひどく身体がだるいと訴えていました。刺すような痛みではなく、どんどん感覚を奪われるような痛みのように見えました。決して安らかではなかったのですが、痛い痛いと叫ばれるよりはよっぽど気が楽でした」

喜一郎は感情を押し殺すかのように、声の抑揚を抑えている。

聞いている犬養は心穏やかではいられない。闘病生活が長く死の匂いを纏《まと》っているのは沙耶香も同じだ。境遇の違いはあれど、祐樹は明日の沙耶香なのかもしれない。そう考えると、喜一郎の言葉はもう一人の自分が発する言葉にも思えてくる。

「改めてお訊きしたいのですが、祐樹くんの全身を覆っていた痣について何かご存じですか」

不意に喜一郎は口を噤んだ。

「わたしたち池上署の者が駆けつけた際、あなたは祐樹くんが転倒した時にこしらえた痣だろうと言いました。しかし、一度や二度転んだ程度であんな痣が残るはずがない。あれは何かを肌に押しつけた痕です。それだけじゃない」

志度は持参していたカバンから一枚の紙片を取り出した。

祐樹の死体写真のコピーだった。覗き見た喜一郎と聡子がすぐに目を逸らす。

「当初は痣に隠されて確認し辛かったのですが、祐樹くんの手首と足首にはそれぞれ紐状《ひもじょう》のもので拘束された痕がありました。拘束した上でつけられた無数の痣となると、一概に単なる病死だと片づけられなくなります。お分かりですよね」

志度が迫っても喜一郎と聡子の態度には変化が見られない。

「話を変えます。自宅療養に切り替えてから、通院以外で祐樹くんが出歩くことはあったのですか」

これも応答なし。

「お母さん、どうですか」

名指しされた聡子は一度だけ肩をびくりと震わせた。

「祐樹くんは定期的に外出していたんですか」

「いえ……あくまで自宅療養だったので、外出は控えていました」

「控えていたということは、何度か外に出たんですね」

「はい」

「一人でですか」

「いいえ。必ずわたしか夫が付き添っていました」

「外出中に身体中に痣をこしらえるような突発事故に遭遇しましたか」

「いいえ」

「それなら痣は家の中でこしらえたことになる。わたしが何を言いたいか、もうお分かりでしょう。祐樹くんは虐待を受けていた疑いがあります」

そこに喜一郎が割って入った。

「わたしたちが祐樹を虐待したというのですか」

「この家で祐樹くん以外の人間はあなたたち夫婦だけです。彼の痣が家の中でつけられたものなら、そういう結論に落ち着かざるを得ません」

馬鹿な、と喜一郎は言下に否定した。

「どうして虐待するような息子を長期間入院させる必要があるんですか。虐待するなら最初から家の中に閉じ込めていますよ」

今度は志度が黙り込む番だった。喜一郎の主張は論理的で筋が通っている。

「拘束された痕も痣も、わたしたちは病院で見るまで全く知りませんでした。何度尋ねられてもそう答えるしかありません」

これは志度の攻め方がまずかった。こちらの仮定を支えているのは状況証拠に過ぎない。最初から口を割るまいとしている相手には充分ではない。もっと歴然とした物的証拠を用意するべきだったのだ。

失策であるのを察したのか志度の表情には焦りが見え隠れする。

このまま指を咥《くわ》えて見ている訳にもいかない。犬養は咳《せき》払いを一つして、志度に質問役の交代を告げる。

「祐樹くんの死は残念でなりません。娘の沙耶香も長患いのため、なかなか友だち作りができませんでした。だから祐樹くんの存在にはずいぶん助けられました」

理で攻められなければ情に訴えるまでだ。案の定、喜一郎と聡子は虚を突かれた体《てい》で犬養に視線を向ける。

「沙耶香は腎不全でしたから、祐樹くんの病と似ていました。だからでしょうか、祐樹くんが自宅療養に切り替えると知った時、娘は落胆すると同時に大きな期待を抱きました。別の治療法に替えて祐樹くんの容態が好転するのなら、自分にも快癒の道が開けるのではないかと。こんな言い方は押しつけがましいのでしょうが、沙耶香は祐樹くんの行く末に自分の姿を重ねていたように思うのです」

沙耶香の父親という立場を利用するのに躊躇いもあったが、背に腹は代えられない。

喜一郎の頭がゆっくりと下がる。志度の言葉を否定した時の勢いはどこへやら、神妙な面持ちで耳を傾けている。

「そんな訳ですから、祐樹くんが亡くなったと聞いた時の娘の絶望ぶりは見ていられませんでした。まるで自分の人生を断たれたように感じたのかもしれません。祐樹くんの亡骸《なきがら》を乗せた霊柩車が走り去るのを見て、娘はわたしに言ったのですよ。もし祐樹くんの死に不審な点があるのなら絶対に解決してくれと」

犬養は座ったまま、喜一郎に詰め寄る。

「庄野さん。これは警察官としてではなく、同じ父親としてお訊きします。いったい祐樹くんの身に何があったんですか。あなたたちは何を隠しているんですか」

重い沈黙が下りてきた。喜一郎と聡子は顔を見合わせ、目で会話をしている。こういう場合は急《せ》かすべきではない。相手の口から自然に洩れる言葉を受け止めればいい。

十秒かそれとも一分か、重い沈黙を破ったのは喜一郎だった。

「犬養さんと娘さんのお気持ちはよく分かります」

期待を持たせたのはここまでだった。

「しかし残念ながらわたしたちは犬養さんが邪推するような秘密を持っていないんですよ。祐樹は自宅療養に切り替えた後、ゆっくりと容態が悪化しました。ただ我慢強い性格だったので、その辛さをなかなか口にしなかった」

喜一郎は人差し指を突き出し、宙で円を描いた。

「お二人とも警察官だから家の中を見れば暮らし向きも簡単に想像がつくでしょう。築二十三年の建売住宅でまだローンが残っています。わたしは携帯ショップのしがない主任で妻はパート勤め。子どもの入院・治療を続けるには限界がある。祐樹は口には出さないまでも、親の不甲斐なさを受容してくれていたんです。だから痛くても苦しくても、そういう素振りを見せようとしなかった。無数の痣にはわたしたちも驚きましたが、あれも祐樹がだるさを堪えるために身体のあちこちを自分で刺激した結果だと思っています」

「自傷行為というんですか。それではあまり辻褄《つじつま》が合いません」

「世の中、辻褄が合うことばかりではないんですよ」

喜一郎は上目遣いにこちらを睨む。無念さと依怙地《いこじ》さの相俟《あいま》った昏《くら》い視線だった。

「一粒種の将来に光が見えないと悟った時、わたしたちはそう学んだのです。我慢強い者から先に心を折り、親よりも子どもが先に逝く。辻褄が合わずに不合理です。しかし、そんな不合理は現実にいくらでも転がっている。犬養さんもわたしたちの立場になれば分かりますよ」

犬養はひと言も返せなかった。


庄野宅を辞去すると、犬養は素直に頭を下げた。

「申し訳ない、志度さん。途中で割って入った癖に、上手く供述を引き出せなかった」

「あれはしょうがないでしょう」

志度は同情する素振りを見せる。

「わたしが犬養さんの立場でもああなる。喜一郎は自分と同じ弱点を突いてきたんですから」

自分に対する擁護は尚更痛い。そもそも警察官としてではなく父親の立場で質問したのは犬養だったのだ。言ってみれば自分の用意した土俵でうっちゃりを食らったようなものだった。

「まあ庄野夫婦が最初から素直に吐くはずがないのは織り込み済みです。まだ第一ラウンドですよ」

犬養と志度は近隣住民への訊き込みを開始した。庄野夫婦が自白せずとも、近隣住民の証言があれば虐待の線で捜査を再開できる。

まず右隣の鈴村《すずむら》宅の主婦と話をした。ここでも質問は忐度が優先した。

「お隣の祐樹くんですか。ええ、自宅療養になったというので病気が快復したのかと思って近所でも喜んでたんですけどね。結局あんなことになっちゃって……ホントに神も仏もないものかしらね」

「自宅療養になってから、祐樹くんの姿をよく見掛けましたか」

「買い物なのか散歩なのか、一日一回は外出していたみたいですよ。いつも喜一郎さんか聡子さん同伴ですけど」

「家の中から祐樹くんの声が洩れるようなことはありませんでしたか。その、苦しんだり痛がったりするような声ですが」

「声、ですか」

彼女はしばらく考え込んでいたが、すぐに首を横に振った。

「この辺はクルマが通るのもまばらなので日中も静かなんですけど、そういう声は聞いたことがありません。特にウチなんて隣なんですよ。言うのも恥ずかしいんだけど、ここらの建売住宅って壁が薄いもんだから、夫婦喧嘩《げんか》した日にはお隣に丸聞こえになっちゃうんです」

そんな環境下で、隣家からの叫び声や奇声が聞こえないはずがないという理屈だ。

「分譲開始で同じ頃に住み始めたんで、祐樹くんが生まれる前からの近所づきあいなのよ。いつも仲の良い親子でね。見ていると、自然にこっちの目尻《めじり》が下がっちゃうくらい」

「家庭内に揉め事というのはなかったんですか」

すると彼女は俄《にわか》に不機嫌な顔になった。

「あのね、お巡りさん。あなたもいい大人だから知ってると思うけど、どんな家庭にもその家庭なりの悩みはあるものなのよ。わざわざ隣近所に言いふらすもんじゃないし、近所が探るもんじゃない」

「そう……ですね」

「ただし、あまり大きな問題になると家からはみ出して近所にも見えちゃうことがある。そういうものでしょ、近所の噂って」

「仰る通りです」

「そういうのも庄野さん家《ち》ではなかったのよね。悩みといえば祐樹くんの病気だけだったんだと思う」

主婦は喋りつかれたのか、束の間黙り込む。次に洩れ出た言葉は溜息交じりだった。

「きっと子どもってね、家の中の光なのよ。祐樹くんがいなくなって、毎日それが身に沁《し》みてるのよ」

次に志度たちは左隣にある菅原《すがわら》宅を訪れた。応対に出たのは八十過ぎと思しき老人だった。

「祐樹くんの葬式にはわたしが参列したんだ」

菅原老人は何故か腹立たしげだった。

「そりゃあ怒りたくもなるさ。祐樹くんはまだ十五歳だった。これから花も実もある人生だったのに、あっけなく逝っちまったんだよ。こおんな老いぼれが未だに世に憚っているっていうのにさ」

「家族仲はよかったんですか」

「一種理想的な家族だったんじゃないのかな。喜一郎さんは仕事より家庭優先だし、聡子さんも祐樹くんを溺愛《できあい》しておったからね。二人とも仕事を持っているのに、祐樹くんが入院している時は家事を分担したりしてさ。そりゃあ甲斐甲斐しいもんだった」

菅原老人はひとしきり庄野親子を褒めそやすと、鈴村宅の主婦のように肩を落とした。

「やっぱり世の中間違っとる。どうしてあんないい子が早逝しなきゃならんのだ。どうしてあんな仲のいい家族が不幸にならにゃならんのだ」

結局、菅原老人から引き出せた情報は鈴村宅の主婦から得られたものとほとんど同じだった。

それから犬養と志度は訊き込みの範囲を広げてみたが、庄野宅から遠ざかるにつれて情報も希薄になっていく。午前中いっぱい費やして得られた情報は二人が欲するものではなかった。

庄野家での虐待を疑う者は皆無だったのだ。

三　怪僧

1

七月一日午前五時四十五分、大田区多摩川台《たまがわだい》公園。

管理事務所を出た八村《はちむら》は大きく伸びをしてから園内を回り始めた。この季節は緑地のあちらこちらで紫陽花《あじさい》が咲き誇り、見ているだけで涼しげな気分が味わえる。散策には絶好のロケーションだと八村は思う。

多摩川台公園は多摩川の東側に広がる丘陵地で、大小十基の古墳を擁しているので鬱蒼《うっそう》とした雑木林が続く。田園調布《でんえんちょうふ》という高級住宅地の傍という条件と相俟《あいま》って気品に満ちた素晴らしい景観を誇っている。

中堅出版社を定年退職し、ハローワーク通いをして就いた再就職先がこの公園の管理事務所だった。早朝からの見回りも慣れてみれば規則正しい生活の一環となり、最近は体調もすこぶるいい。

園内見回りの順路は決まっている。管理事務所を出てから古墳のくびれ部分に沿って延びた散策路を上がると、展望台広場に出る。広場からは多摩川が一望でき、八村はそこに立つと自分が古墳に祀《まつ》られている大王のような気分になれる。今日は朝から雲一つない快晴なので、大王気分も一入《ひとしお》楽しめるだろう。

展望台広場に近づいていくと左手に亀甲山《きっこうやま》古墳を通り過ぎる。四世紀後半にこの地を治めていた者の墓と考えられている全長百メートル余、国の史跡にも定められた都内最大の前方後円墳だ。広場から多摩川を見下ろした後は、この亀甲山古墳の周囲を巡るのが八村お気に入りのコースだった。

まだ人影のない広場を一人悠々と歩く。それだけでもこの職に就いた甲斐《かい》があろうというものだ。八村は満ち足りた気持ちで坂を上り続ける。東京ドーム一・四個分の広さを誇るだけあって広場内の樹木も多種多様、季節ごとに豊かな装いを見せる。中でも圧巻は展望台に広がる桜並木だろう。満開の季節に訪れると、桜吹雪の中で一瞬気が遠くなりそうになる。

ところが展望台に出た八村は、辺りをぐるりと見回して奇妙なものを目に留めた。

ひときわ枝ぶりのいい樹から白い布がぶら下がっている。風に吹かれて左右に揺れている。誰かが悪戯《いたずら》でシーツを被《かぶ》せたのか、それとも風に飛ばされてきたのか。どちらにしても迷惑な話だと、八村は撤去のために近づく。

輪郭が明らかになるに従って、背中に悪寒が走り始めた。

布ではない。白い服を着た人のかたちをしたものがぶら下がっているのだ。

露出していた肌が総毛立つ。

至近距離まで接近して確信した。人のかたちをしたものではなく、人そのものだった。

枝から縄で吊《つ》り下がった人間。白いワンピースから突き出た足からは液体が伝わり落ち、足元に黄色い水溜《た》まりを作っている。

ゆらりと顔がこちらに向いた。

生気を失った中年女の目がこちらを睨《にら》んだ。

「ひ」

八村は声にならない叫びを洩《も》らし、しばらくその場に立ち尽くしていた。

＊

志度から知らせがあったのは、正午を過ぎてからのことだった。

『今朝、多摩川台公園で女の自殺死体が見つかりました』

捜査報告書を作成中だった犬養は、連絡してきた意図を思いつけずにいた。

「自殺死体と言いましたよね。つまり自殺であるのは確定しているんですか」

『展望台の桜の木からぶら下がっていました。田園調布署の知り合いから聞いたんですが、検視官の見立てでは完全な縊《い》死《し》で、ご丁寧なことに死体の近くには手書きの遺書が残されていました』

「自殺としての要件が揃っているようですが、動機に問題でもあるんですか」

『動機については遺書の中に綴《つづ》られていました。本人は膵臓《すいぞう》がんを患っていたんですが、手術しても転移をして完治する見込みが薄い。闘病のために家族にも迷惑をかけ続けている。これ以上生きているのは死ぬよりも苦痛だ……そんな内容だったらしいですね』

死体の状況、検視官の判断、そして遺書の内容と自殺の要件は全て揃っている。そんな案件をどうして自分に連絡してきたのか、まだ判然としない。

「話の途中で申し訳ないのですが志度さん。その自殺と庄野祐樹の事件に何か関連性があるのですか」

『わたしもこの目で現物を見た訳ではないのですが、遺体には無数の痣《あざ》があったようなんです』

椅子から腰が浮きかけた。

『興味が湧きましたか』

「興味が湧くと予想したから連絡してくれたんでしょう」

『もしも二つの事件が関連するとしたら池上署単独の事件ではなくなります』

警視庁で担当する案件だろうと、志度は言外に告げている。

「遺体は田園調布署ですか」

『だと思います。田園調布署の知り合いは峰平《みねひら》という男ですが、既に庄野祐樹の件を説明してあります。向こうも興味を抱いたようなので、犬養さんが合流してもさほど抵抗ないと思いますよ』

「早速、根回ししてくれたんですね」

『根回しなんて大層なもんじゃありません。ただし二つの事件は病死と自殺です。共通点があるといっても、犯人が存在している訳じゃありません。捜査をするにも、まず事件として成立するかどうか』

犬養も同じ意見だった。興味があるだけで立件できれば世の中は犯罪だらけになる。警察が腰を上げるには被害者の存在、または法律違反が必要となる。

だが被害者も法律違反も隠蔽《いんぺい》されていては表出しない。組織からはぐれ気味の、どこかのお調子者が暴かない限りは。

「事件として成立するかどうかは、捜査しなければ分かりませんよ」

『犬養さんなら、そう言うだろうと思っていました』

どこか嬉《うれ》しそうな言葉で、上手《うま》く乗せられた気がしないでもない。

とにかく現場に行かなければ話は始まらない。犬養は捜査報告書を大急ぎで片づけると、すぐ田園調布署へ向かった。


「池上署の志度さんから話は伺っています」

峰平は嫌な顔一つ見せず、犬養を署に迎えてくれた。

「病死した十五歳の少年の身体にも同様の痣が残っていたそうですね」

「着いた早々で失礼ですが、自殺した女性の遺体はこちらに安置されているんですよね」

「ええ。既に家族との対面は済んでいます。遺体をご覧になりますか」

「是非」

安置室に向かう廊下で、峰平は弁解口調で説明を始める。

「本来、こんなことで警視庁の方をお呼びするなんて有り得ないんですがね。あの痣を見てから同種の事件があると聞かされたら、とても無視できません」

「庄野祐樹の事件についてはどこまでご存じですか」

「データベースで概要だけは。池上署は病死で処理しているようですね」

犬養が祐樹の事件について知り得る限りを説明すると、峰平はううんと呻《うめ》きながら顔を顰《しか》めた。

「胡散《うさん》臭くはあるが、れっきとした病死。こっちも同様ですよ。あの痣を見る限りDV（ドメスティック・バイオレンス）を疑うしかないのに、遺書からはその片鱗《へんりん》さえ窺《うかが》えない」

「自殺したのはどういう女性なんですか」

「住まいは上池台《かみいけだい》です。四ノ宮《しのみや》愛実《いくみ》四十五歳、夫と二人暮らしで娘は千葉のアパートに別居。遺書にもある通り、本人は数年前から膵臓がんを患い闘病中でした」

「自殺の原因になるくらいにですか」

「念のためかかりつけの医師に事情を聞きました。折角病巣を切除しても転移、再手術してもまた転移。体力的に無理が生じてもいたらしく、病院の方は三カ月前に退院しています。完治したのではなく、外科的治療に見切りをつけたかたちですね」

ぞくりとした。

庄野祐樹も病状の好転が望めないという絶望的な理由で退院している。その点も両者は似通っている。

「今までDVの被害者やその傷痕《きずあと》を何度も目にしていますが、あそこまで執拗《しつよう》なのは初めてです。しかし検視官は大した痣じゃないと言う。下手をすれば打撲にもなっていないと言う。妙な喩《たと》えですが、微妙にコースを外されているような気分です。辛うじて犯罪の範囲からは外れている、みたいな」

「庄野祐樹のケースも同様ですよ。心証は真っ黒だが、犯罪性を明確に示す物的証拠はゼロでした」

霊安室に到着し、峰平は大型キャビネットから四ノ宮愛実の遺体を引き出す。

「どうぞ」

犬養は合掌してからシーツを剝《は》がす。

発見されて間がないせいか四ノ宮愛実の顔はまだ変色していなかった。ただし綺麗《きれい》なのは頭部だけで、鎖骨から下は見覚えのある帯状の痣で見る影もない。

不意に既視感に襲われる。写真で見た庄野祐樹の身体に残された痣と寸分違《たが》わない。まるで前衛的なボディペインティングを施したようだが、受ける印象は禍々《まがまが》しさしかない。頸部《けいぶ》に残った索痕《さっこん》さえが上品に見えるほどだ。

「報告書を見たのですが、検視官は九項目の鑑別点において全て縊死を示唆しています」

峰平の言う九項目とは次の通りだ。
（1）索溝《さっこう》＝索痕。縊死による索痕は体重が最もかかる部位を最下点としてそこから上部に向かっていく。前頸部から後上方に向かう場合が多い。

（2）顔面鬱血。頭部や顔面への血流は内外頸動脈、椎骨動脈《ついこつどうみゃく》によって心臓から運ばれる。縊死の場合は静脈と動脈の血流が同時に阻害されるので鬱血は現れない。
（3）結膜溢血点《いっけつてん》。顔面が鬱血するとあちこちで血管が破裂して点状出血を伴う。従って縊死の場合には溢血点が生じない。
（4）死斑《しはん》。縊死の場合は吊り下がったままの状態が続くので、死斑は手足の先端や下腹部に集中する。
（5）皮下出血。もし他人の手による扼殺《やくさつ》や絞殺であった場合、相手の手や索条を除去しようとして、本人の爪による防衛創が残ることがある。自殺の場合にはそれが認められない。
（6）糞尿《ふんにょう》失禁。死亡すると括約筋《かつやくきん》が緩んで糞尿失禁を起こす。従って首吊りの場合は死体の真下に糞尿が残存している。
（7）懸下《けんか》箇所。懸下箇所には索条による陥凹《かんおう》が発生する。
（8）腐敗。
（9）骨折。ここで言う骨折とは舌骨《ぜっこつ》・甲状軟骨の骨折を意味する。縊死の場合は全体重を掛けるので、しばしば骨折が認められる。
犬養は死体の首に注目する。そこには首吊り自殺特有の索痕がくっきりと浮かび上がっている。検視報告書通り九項目全てが縊死の事実を示すのであれば、ますます謀殺の線はなくなる。

「遺書は手書きだったそうですね」

「筆跡は本人のもので直筆。プリントアウトしたものではありません。これも疑惑のつけようのない物的証拠です」

「帯状の痣を除いては、全ての状況が自殺を裏付けているということですね。この痣について検視官からは何か意見がありましたか」

「奇怪だ、とは言っていましたね。遺書では言及していないものの、夥《おびただ》しい痣が自殺を思い立った原因の一つかもしれないと」

鎖骨の下は化粧でも隠しきれない痣だらけ。確かに女性が自死を考える理由には成り得る。

「だったら、どうしてそんな痣だらけの身体になったのか遺書に書かれていても不思議じゃないでしょう」

「それはわたしも思いました。しかし自殺の理由としては膵臓がんへの絶望の方に説得力があります。痣はどの部位も浅いので、検視官は重視しませんでしたね」

これもまた庄野祐樹と同じだ。死因に関連せず、表面的に過ぎるので軽視されている。

だが軽視されているがゆえに犬養には不気味に思える。

「同居家族は夫でしたね。配偶者の自殺について何を言っていましたか」

それが、と峰平は再び弁解口調になる。

「『女房はここ数日ひどく落ち込んでいた様子で、事あるごとに自分のような人間は周りの人に迷惑をかけてばかりいるので辛《つら》いと言っていた』。そう証言しているんです。これも自殺説の裏付けになってしまいますが」

「全身の痣についてはどう言ってるんですか」

「こいつが曲者《くせもの》でしてね。全身の痣を見せられても決して驚いた風じゃなかったのに、『こんなのは初めて見た』と言うんですよ」

「庄野祐樹のケースと似ています。彼の両親もまた、そんな痣は見たこともないと知らぬ存ぜぬを貫きました」

「どうにも困りましたね。犬養さんの話を聞けば聞くほど、二つの事件が真っ当な病死や自殺に思えなくなってくる。ところが痣に関すること以外は全て謀殺を否定している」

「相反する二つの事柄を満足させる解は偶然の一致です」

「ええ。ただし偶然の一致で済ますには、あまりにも痣の存在が大き過ぎます。この派手な紋様を無視しろというのは到底できない相談ですよ」

峰平は四ノ宮愛実の死体を見下ろしながら言う。事件を担当した捜査員がどれだけ痣を気にしても、検視官がその必要性を認めない限り司法解剖は行われない。ただし東京二十三区内で発生した、事件性のない異状死体については監察医によって行政解剖に付される。

「解剖はいつですか」

「この後すぐ監察医務院に搬送予定です。ただ解剖しても新たな事実が出てくる確率は高くないですよ」

「それでもしないよりはマシです。ところで本人の夫と話はできますか」

これだけ祐樹の事件との類似点が多いと、親族からの情報にもあまり期待が持てそうにない。しかし四ノ宮愛実の背後関係を調べるには、親族からの事情聴取は必須だ。

「女房の顔を確認した途端、肩を落としましてね。行政解剖が終われば遺体をお返しする旨を説明したら、おとなしく帰ってくれました。しばらく自宅で待機するとのことでしたね」

「お手数ですが、ご一緒していただけますか」

「ええ。痣の由来を確かめないことには、わたしも納得しかねます」

上池台は元々緑の豊かな住宅地だが、相次ぐミニ開発で新しい住宅ほど狭小になり、ずいぶんと窮屈な印象を与える。

四ノ宮愛実の自宅は、そうした住宅の一つだった。場所柄、決して安くはない買い物だったのだろうが高級感からは程遠い。

夫の四ノ宮恵吾《けいご》は一人きりで在宅していた。

「先ほどは失礼しました。改めてお話を伺いたいのですが」

峰平が切り出すと、四ノ宮は無言で二人を家の中に招き入れた。

犬養はそれとなく周囲に視線を走らせる。家の中の調度は上等なものだったが、それも経年変化ですっかりくたびれていた。古くなっても買い替えができていない状況が、四ノ宮家の経済状態を如実に物語っている。

リビングに通されて二人は四ノ宮の正面に座る。テーブルの隅に小冊子が置いてあったが、四ノ宮は二人が着席する寸前にさっと片づけた。

「娘さんとは連絡が取れましたか」

峰平の質問にも四ノ宮は顔を上げようとしない。項垂《うなだ》れたままぼそぼそと呟《つぶや》くように喋《しゃべ》る。

「連絡が取れたのは、娘が出社してしばらくしてからでしたから……さっき早退したらしいので、もうすぐ帰ってくる予定です」

「奥さんはいつから姿が見えなかったんですか」

「昨夜《ゆうべ》です。わたしはSE（システムエンジニア）で在宅勤務なんですが、夜が早くて朝も早いタイプなんです。家内とは生活の時間帯が少しずれているんです。昨夜も夜の九時には寝入ってしまって、朝の五時に起きると、もう家内の姿は見えませんでした」

「通報はされなかったんですね」

「今までも早朝にコンビニとかで買い物を済ませることがあったんで。七時を過ぎた頃、警察から連絡があって、着の身着のままで多摩川台公園に駆けつけました」

「奥さんはああいうかたちで亡くなられていました。ちゃんと遺書も残っていたので、我々も自殺の可能性が濃厚だと考えているのですが、四ノ宮さんはどう思いますか」

「アレが病気のことで悩んでいたのは本当です」

陰々滅々とした喋り方だが、妻の亡骸《なきがら》と対面したのがたった数時間前なら当然の態度かもしれない。犬養と峰平は相手の口から言葉が洩れるのを待つしかない。

「膵臓がんというのは初期の自覚症状がないので発見が遅れるそうですね。アレもそうでした。わたしは在宅勤務になる前から会社で定期健診を受けていましたが、アレは昔から病院嫌いで検診をさぼっていたんです」

「膵臓がんが見つかった時には病状が進行していたんですね」

「膵臓がんというのは転移しやすいがんらしいですね。腹膜転移とかでリンパ節や肝臓や腹膜に転移するんです。膵臓の周囲には神経が集中していて、本人はひどく痛がっていました」

犬養は知っている。浸潤《しんじゅん》といい、細胞が周囲に散らばるように拡散していく仕組みで悪性腫《しゅ》瘍《よう》の特徴の一つだ。

「いつ頃からか夜中になると背中が痛い、背中が痛いと訴えましてね。あんまりひどいんで検査を受けさせたら膵臓がんと診断されて即入院ですよ。がんの切除手術をして退院しても、しばらくしたらまた転移。入院・手術・退院・再発、この繰り返しです。最初は本人も闘病に意欲的だったんですが、再発が二回三回と続くとさすがに気力も体力も潰《つい》えてきて」

これも犬養には痛いほど状況が理解できる。気力も体力も無尽蔵ではない。最初の闘志は激痛に削られ、入院治療費と家族への負担がボディブローのようにじわじわと効いてくる。どんなに生気に満ちた者でも一年も闘病生活を続けていれば芯《しん》が脆《もろ》くなり、心が折れていく。自分の生命力の限界を知り、家計の苦しさを味わううちに自死という選択肢が大きく頭を擡《もた》げてくるようになる。

「恥ずかしい話、この家もローンが残っているんです。がん保険に加入していても、これだけ入退院を繰り返すと家計に響いてきます、家内は家の財布を握っていましたから、わたしよりも事情を承知していたはずです」

「周りの人に迷惑をかけてばかりという件は、そういう意味ですか」

「主婦としての仕事が満足にできなくなったのも理由の一つでしょう。アレは完璧《かんぺき》主義者の一面がありましたから、わたしの世話ができないのを気に病んでいた様子でした」

「では、遺書の内容に違和感とかはなかったんですね」

「違和感も何も、心当たりがあり過ぎて……」

四ノ宮は急に言葉を詰まらせ、黙り込んでしまった。

しばらく沈黙が降りる。死者の影に覆われるようなうそ寒い沈黙だった。

「遺書は奥さんの直筆で間違いありませんか」

四ノ宮は無言のままこくこくと頷《うなず》いてみせた。見方を変えれば、肯定し続けていれば追及を躱《かわ》せると踏んでいるようにも映る。

従って峰平の次の質問は容易に逃げるのを許さないものだった。

「奥さんの首から下には夥しい数の痣がありました。あんまり多過ぎて地肌の色が分からないくらいです。霊安室で尋ねた際、四ノ宮さんは見たこともないと仰《おつしや》いました。しかしですね、夫婦がひとつ屋根の下に暮らしていて、あんな痣に気づかないというのは、どうにも不自然ではありませんか。いや、夫婦であれば目の前で着替えたり、浴室からタオル一枚で出てきたりもするでしょう。それなのにあの痣を一度も見たことがないというのは、不自然を通り越して嘘としか思えない」

矢庭に峰平は口調を一変させる。今までの慇懃《いんぎん》さをかなぐり捨て、凶暴なまでに言葉を荒くする。

「嘘を吐くのは、痣を拵《こしら》えた原因に自分が関わっているからだ。そうじゃありませんか。四ノ宮さん、あなたは奥さんに対して日常的に暴力を振るっていたのではありませんか」

問い詰められても、四ノ宮は顔を上げようとしない。やはりもごもごと口を動かすだけだ。

「そんなことは……ありません。わたしがアレに手を上げたなんて数える程度で……しかも逆襲の方がひどかった」

「ほう、暴力を加えたのは認めるんですね」

「夫婦喧嘩《げんか》の一つや二つ、どこの家庭でもあるでしょう。DVなんかとは全然性質が違います。

第一、あの痣が暴力の痕だったら、遺体を調べた時点で分かることでしょう」

今度は峰平が言葉に詰まる。痣はあっても打撲に非《あら》ず、全身に広がっていても暴力とは程遠い。検視官の判断に準拠する限り、四ノ宮愛実の死に犯罪性は見出《みいだ》せない。

「あの痣が致命傷になったとまでは言いません。しかし、痣の形状と広さが異常に過ぎる」

「何と言われても知らないものは知りません」

力はないが、決然とした返事だった。変に力みがない分、覆すのが困難に感じられる。

DVがなかったというのは本当だろう、と犬養は見当をつけた。家庭内暴力はしばしば家具や壁に痕跡が残る。ところがこの家の内部にはそれが見当たらない。

「質問、替わっていいですか」

犬養は二人の間に割って入る。

「あなたが奥さんに暴力を振るっていないと信じるとしましょう。しかし彼女の身体に刻まれた痣について一度も見たことがないというのは解せない」

「それは今も言った通り……」

「奇遇なことに、つい最近わたしはあれと同じ痣を目撃したんですよ。鎖骨の下、体表面のほとんどを覆い隠す帯状の痣を」

俯《うつむ》いた四ノ宮の肩がぴくりと震えた。

「先月の十四日、十五歳の少年が自宅で亡くなりました。死因は肺水腫と高カリウム血症。彼は末期の腎不全でしたが四ノ宮愛実さんと同様、病院での治療を断念し自宅療養に切り替えたんです」

犬養は四ノ宮の顔を下から覗《のぞ》き込む。彼は平静を装おうとしていたが、明らかに失敗している。目は泳ぎ、心なしか呼吸も浅くなっている。

「知らせを受けて駆けつけた所轄署の捜査員と検視官は彼の身体から夥しい数と範囲の痣を発見します。どうですか、まさに四ノ宮愛実さんのケースと瓜《うり》二つでしょう」

犬養に見据えられて四ノ宮は目を逸《そ》らす。

間違いない。

この男は痣の由来も、それが自分の妻だけに関わるものでないことも知っている。

「話していただけませんか、四ノ宮さん。あの痣は直接の死因じゃない。しかし奥さんの死にどこかで関わっているはずだ」

「知りません」

「あなたが教えてくれたら、十五歳の少年や愛実さんのような悲劇を防げるかもしれない。しかし黙っていたら、また同様の被害者が出る」

「さっきから知らないと言っているじゃありませんか」

「自分のために隠しているのか、誰か他の人間のために隠しているのか。それとも亡くなった奥さんのために隠しているのか」

「隠していない」

「四ノ宮さん。あんなでっかい痣は隠しきれない。それと同じで痣の由来だって隠しきれるものじゃない。何が起きているか、あるいは何が起ころうとしているか。それを止められるのはあなたかもしれない」

四ノ宮は口を噤《つぐ》み、いやいやをするように首を振る。

「あなたは奥さんが亡くなって悲しくないのか。口惜《くや》しくないのか」

また首を振る。

「愛実さんが自殺であるのは間違いないでしょう。しかし愛実さんを追い詰めたものは本当に闘病生活だったのか。ひょっとしたら違う理由だったんじゃありませんか。もし痣の秘密を教えてくれれば、奥さんの無念を晴らせるかもしれないんですよ」

威迫と懐柔。反発と共感。相反するものを交互にぶつけると人は揺らぐ。信念も感情も倫理も支柱がぐらつき出す。容疑者に対峙《たいじ》した時、犬養がよく使う手法だが、四ノ宮には通用するかどうか。

「……別に嘘も吐いていませんし、隠してもいません。わたしはこれ以上、警察に協力できません」

返事は変わらず。だがいくばくかの効果はあったと思いたい。

その時、四ノ宮が片づけて床に落ちた小冊子が目に留まった。手を伸ばしたのは考えがあってのことではない。ただ落ちたものを拾おうとしただけだった。

ところが四ノ宮が予想外の行動に出た。犬養とほぼ同時に小冊子を取り上げようとしたのだ。

峰平のアシストが絶妙だった。足を伸ばして小冊子を犬養の足元に蹴《け》って寄越《よこ》したのだ。

犬養は難なく小冊子を拾い上げ、タイトルを見る。

〈ナチュラリー　七月号〉

抽象画のイラストをバックにしたゴシック体のタイトル。見出しは「初夏の健康食品」、「夏バテに備える七カ条」など健康雑誌のような情報文が並ぶ。

「どこかのＰＲ誌ですか。寡聞にして聞いたことのない雑誌ですが」

「返してください」

奪い返そうとした四ノ宮の手が空を切る。

「これは、関係なくて」

犬養は小冊子をぱらぱらと眺めた後、四ノ宮の手に渡す。

「失礼しました。最近、こうした健康雑誌に興味があったものですから。じゃあ、四ノ宮さんは本当に奥さんの痣についてては関知してないんですね」

「何度同じことを言わせるんですか。これ以上お話しできることはありません。もうお引き取りください」

「承知しました」

そろそろ潮時と判断し、犬養は峰平を促して席を立つ。四ノ宮は見送る素振りなど露ほども見せず、小冊子を大事そうに抱えている。

四ノ宮宅を出てしばらくすると、峰平が話し掛けてきた。

「よかったんですか、あの小冊子すぐに返してしまって」

やはり峰平も怪しいと思っていたか。

「押収する名目もありませんし、無理に奪おうとすればひと悶着《もんちゃく》起きたかもしれません。現段階で我々のサイドで問題を起こすのは得策ではないでしょう」

「そこまで計算されているのなら、小冊子の発行元は把握済みですか」

「発行元は雑誌名と同じ〈ナチュラリー〉。住所は世田谷区《せたがや》でした。掲載されていた記事はほとんど健康維持に関するもので、東洋医学についての記事もありました。ただ主宰というんでしょうか、小冊子自体がある人物を神格化している記事が目立ちました」

「神格化というのは意味深ですね」

「織田豊水《おだほうすい》という人物を万病の治療者として持ち上げているんですが、以前、参考のために読んだ小冊子がほぼ同じ体裁だったことが気になっています」

「何ですか、その、以前読んだ小冊子というのは」

「地下鉄サリン事件を起こしたカルト教団があったでしょう。あの教団が定期的に発行していた宗教雑誌に印象が酷似しているんですよ」

2

翌日、犬養は志度とともに庄野宅へと警察車両のインプレッサを走らせていた。

「〈ナチュラリー〉の織田豊水ですか。聞いたことありませんね」

ハンドルを握る志度は面目なさそうに言う。

「犬養さんは、その織田豊水が今度の事件に関わっていると考えているんですか」

「確証も、どう関わっているかの見当もありませんよ」

志度には四ノ宮宅を訪れた際のやり取りを全て教えている。庄野祐樹と四ノ宮愛実が死に至った経緯《いきさつ》と痣の形状。共通点を挙げていくと、志度はみるみる険しい顔つきになった。

「聞けば聞くほど臭ってきますね。しかし、この程度の臭いじゃ警察は動けないし、上司の説得も難しい」

「志度さんの上司はどんなタイプですか」

「大きな声じゃ言えませんが、上司にしたくないタイプですね」

「庄野祐樹がただの病死ではないとなったら、積極的に再捜査しそうですか」

「そういう警察官は管理職になりませんよ」

志度は皮肉に唇を歪《ゆが》めてみせる。

庄野宅ではまだ玄関ドアに〈忌中〉の張り紙がされていた。祐樹の死亡から半月が経ち、そろそろ紙を固定しているテープが剝がれかけている。

玄関に出た聡子は犬養の顔を見て、今度は怪訝《けげん》そうな目をした。

「今日は何のご用ですか、犬養さん」

「ご主人はご在宅ですか」

「忌引き明けで出勤しましたけど」

しめたと思った。聡子一人なら邪魔も入りにくい。

「お話があります」

犬養はそう告げると志度を伴って家の中に入る。半ば有無を言わせぬ勢いで、聡子に抗《あらが》う間も持たせなかった。

居間には線香の香りが漂っていた。床の間の仏壇に合掌してから聡子に向き直る。今日は志度に代わって犬養が質問を浴びせる番だった。

「先日、多摩川台公園で主婦の自殺死体が発見されました」

　犬養は四ノ宮愛実の事件について概要を話す。聡子はあまり興味がなさそうな様子だったが、愛実の身体に残された痣に話が及ぶと途端に動揺を見せた。

「その四ノ宮愛実さんの自殺と祐樹とどんな関係があるっていうんですか。言っておきますけど、わたしも主人も四ノ宮なんて人は見たことも聞いたこともありませんよ」

「でしょうね。もしご存じなら、わたしが四ノ宮さんの名前を出した時点で反応があったはずです。ところがあなたが著しい反応を示したのは名前ではなく、痣の存在にです」

「痣については祐樹本人がだるさを堪《こら》えるために身体のあちこちを刺激した結果だと、主人が説明したじゃないですか」

「あの説明で、いったいどれだけの人間を納得させられると思うんですか。一般人はともかく、少なくとも警察官相手には無理ですよ」

　犬養は聡子を正面から見据える。男相手とは勝手が違って女の嘘を見抜く自信は心許《こころもと》ないが、聡子と自分には病気の子どもを持つという共通点がある。今は同じ辛苦を味わった共感に頼るしかない。

「庄野さんも知っての通り、ウチの沙耶香も祐樹くんと同じ十五歳です」

「ええ、知ってますよ」

「自分で言うのも何ですが、わたしはひどい父親でしてね。まだ沙耶香が小学生の頃、女性問題で離婚したんです。だから父親らしいことは未《いま》だに何もしてやれていません。進学やら病気やら、父親がいなければならない時にいてやれませんでした。多分、今も娘はわたしを許してはいないでしょう。だからでしょうね。今更ながら娘のことが気になる。何とかして普通の生活に戻してやりたいと、できもしない海外での臓器移植を夢想しています」

喋っているうちに軽い自己嫌悪に陥る。父親としての駄目さ加減は自覚しているつもりだったが、いざ口にしてみるとやはり自責の念に駆られる。相手の懐に飛び込むには絞め殺されるのを覚悟しなければならないという当然の理屈を思い知る。

「分かります」

聡子は理解を示してきた。依然として警戒心を抱いているようだが、病気の子どもを持つ親の悩みは一緒だ。

「ありがとうございます。それなら庄野さん、決して祐樹くんが満ち足りた気持ちで逝ったのではないのは分かっているでしょう。十五歳ですよ。いくら闘病の末だからといっても、本人が納得して逝ったとは思えない。まだまだやりたいことがあり、将来に夢を馳《は》せていたはずです」

俄《にわか》に聡子の表情が固まり、犬養は期待と自己嫌悪を同時に味わう。自分は今、母親の一番脆《ぜい》弱《じゃく》な部分を攻め立てている。刑事の常《じょう》套《とう》手段であったとしても、親として許される行為かどうかは疑問だ。

「何が言いたいんですか」

「わたしは祐樹くんの無念を晴らしたいと思っています。それには彼に関する情報の全てが必要なのに、あなたとご主人は肝心な話をしてくれていない」

「わたしも主人も必要なことは全部お話ししました」

「病死として処理するのに最低限必要なこと、ですよね。あなたたち夫婦と池上署は納得するでしょう。しかし祐樹くんはどうですかね。彼は、もう喋ることも訴えることもできない。あなたたちが代弁してくれない限りは」

「……残酷な言い方をするんですね」

「子どもの遺志を尊重しない方がよっぽど残酷ですよ。残酷ついでにもうひと言付け加えるのなら、あなたたちは死んだ後も祐樹くんを苛《さいな》み続けている」

「何を言い出すんですかっ」

「彼の無念を晴らさないのなら苛み続けているのと同じです。奥さん、もしまだあなたが祐樹くんを大切に思っているのなら、彼に関わる一切のことを我々に教えるべきだ」

同じ親としての禁じ手を使った甲斐もあり、聡子は動揺し、逡巡《しゅんじゅん》しているようだった。

あと一歩だ。

逸《はや》る気持ちを抑えて犬養は聡子に詰め寄る。

「祐樹くんの苦しみを鎮めてやれるのは、あなたたちだけなんです。さあ、教えてください」

犬養は相手の態度が変わるのを待った。動揺から逡巡へ、そして逡巡から受容へ。

だが予想以上に聡子は頑《かたく》なだった。

「何度訊《き》かれても答えは一緒です」

ついと視線を逸らせはしたが、言葉には拒絶感が滲《にじ》み出ていた。

「祐樹は病気と闘い続けましたが、最後は力尽きて痛いと叫ぶこともなく息を引き取りました。祐樹なりに安らかな死でした。これ以上詮索《せんさく》されるのは、却《かえ》ってあの子の魂を搔《か》き乱す結果にしかなりません」

駄目だったか。

しかし犬養は全てを諦《あきら》めた訳ではなかった。

視界の隅で志度が行動に出た。どうやら目的のものを見つけたらしい。犬養が聡子を正面に見据えて離さなかったのは、志度の動きを気取られないためでもあった。

いったん動けば志度は敏捷《びんしょう》だった。すっくと立ち上がるなり、居間の隅に重ねられていた雑誌の束から小冊子を取り出してきた。

「ありましたよ」

志度が手にしてきたのは件《くだん》の〈ナチュラリー　七月号〉だ。

「何するんですかっ、勝手に人の家のものを」

聡子が慌てて奪い返すが、表紙を確認された時点で後の祭りだった。

「そんなに大事な冊子ですか」

犬養が更に詰め寄っても、聡子は小冊子を抱き締めて離そうとしない。

「大事とかそういう問題じゃありません。いったい何の権利があって」

「無理やり押収したりしないのでご安心ください。その小冊子、実は自殺した主婦の自宅でも確認しているので、わざわざ押収する必要もありませんしね。中身は拝読しました。主宰の織田豊水氏でしたか。何やら神がかり的な治療をされるようですが、一度わたしをご紹介いただけませんか」

「わたし、知りません」

後生大事に現物を胸に抱いておいて今更だが、この期に及んでも聡子は知らぬ存ぜぬを貫き通すつもりらしい。裏を返せば、それだけ隠し果《おお》したい秘密である証左だ。

「あなたがそこまで言い張るのなら無理強いはしません。しかし、〈ナチュラリー〉や織田豊水氏を調べた上で祐樹くんとの関連が認められれば、またこちらに伺います。その時には全てを打ち明けてもらいますが、我々も今までより厳しい態度で臨まねばなりません」

まだまだ言い足りなかったがやめにした。犬養の方にも親の立場を利用した負い目があるからだ。

庄野宅を辞去してインプレッサに乗り込むと、早速志度が話し掛けてきた。

「最後の詰めが甘かったのは同じ親としての情けですか」

見透かされていたのは意外でもあり、恥ずかしくもあった。

「畳み込み方が素晴らしかったので、最後にあんな風に解放するのは予想外でした。もっともわたしが気張っても同じ結果だったでしょうがね」

「どうしてそう思うのですか」

「わたしも悲しいかな人の親だからですよ」

自分の机にあった官給品のパソコンに峰平経由で届いていたのは、四ノ宮愛実の解剖報告書だった。

検視官の見立て通り、九項目の鑑別点は全て愛実が自殺であったことを裏付けている。解剖して新たに付け加えられたのは膵頭部《すいとう》と十二指腸、そして胆嚢《たんのう》の一部が既に切除されていた事実だ。これは四ノ宮恵吾の証言ともぴたりと一致する。丁寧にも以前の入院先から入手したカルテも添付されており、愛実の闘病の様子が時系列に沿って理解できる。

無味乾燥な文面から浮き上がってくるのは愛実と恵吾が味わったであろう緩慢な絶望だ。膵臓がんの発見と緊急手術、繰り返される入退院とリハビリ。長きに亘《わた》る闘病生活が愛実の精神を削っていたのは、容易に想像できた。

だからこそ四ノ宮家にあった〈ナチュラリー〉の小冊子が腑《ふ》に落ちない。冊子に掲載されていた内容は健康的な食事と生活の勧めであり、市販されている健康雑誌と似たり寄ったりでしかなかった。特異な点は主宰である織田豊水の存在だが、これにしても小冊子が自費出版と考えれば不思議でも何でもない。第三者による編集の工程を経ないと、自費出版は得てして自己陶酔の色彩を帯びる傾向にある。

「何を熱心に見ている」

突然の声に驚くと、背後から麻生が覗き込んでいた。

「多摩川台公園で発見された女の解剖報告書ですよ」

「例の池上署の案件絡みか」

隠していても無意味なので、志度から連絡をもらってからの経緯を説明する。報告を聞き終えた麻生はパソコン画面の解剖報告書を指で突《つつ》く。

「前回は病死、今回は自殺。二件とも謀殺の臭いは微塵《みじん》もない」

「嫌な感じの共通点があります。二人とも闘病生活の末、費用の捻出《ねんしゅつ》が困難になって自宅療養に切り替えています」

「それと〈ナチュラリー〉なる健康雑誌の存在か。しかし自宅療養に切り替えた病人とその家族なら、三度三度の食事に気を遣うのはむしろ当然だ。同じ健康雑誌を読んでいたとしてもおかしくない」

「ところがその小冊子、そう簡単に入手できるものではなさそうなんです。装丁といい薄さといい、書店で販売しているのではなくフリーペーパーだと踏んだんです。それで念のために庄野宅と四ノ宮宅の近隣を当たってみたんですが、〈ナチュラリー〉を置いている店舗は皆無でした。街角のスタンドに置いてある小冊子じゃない。それで、こいつに頼りました」

犬養はパソコンに向き直り、ブックマークのついたサイトを選んで画面に表示させる。

まるで政府広報のように事務的なトップページが出現する。中央には小冊子のタイトルと同じゴシック体で〈ナチュラリー〉とある。

「〈ナチュラリー〉は雑誌名ではなく、自然治癒の団体名でした。小冊子はフリーペーパーではなく、会員に配布される定期刊行物なんですよ」

「つまり庄野祐樹も四ノ宮愛実も〈ナチュラリー〉の会員だったという訳か」

「本人ではなく家族の誰かが会員なのかもしれません。いずれにしても同団体の会員同士が同じ痣を残して死亡しています。死因自体に疑問がなくても、この団体を疑いたくなりませんか」

「主宰の織田豊水について何か載っているか」

「そりゃあもう、当然のように」

画面をスクロールしていくと下の方に織田豊水の自己紹介と〈ナチュラリー〉創立のコメン

トが掲載されていた。

『皆さん、こんにちは。織田豊水と申します。昨今、名の知れた病院ではどこも最新の医療設備で患者さんの治療にあたっています。医療先進国日本として、我々は誇りに思っています。

しかし他方、病院での死がクローズアップされている現象も見逃してはなりません。「入院して手術した途端に、病人の体力が減退して早死にしてしまった」、「保険適用外の治療となり、家計がどんどん圧迫されるようになった」、「最新医療のお世話になっているが、なかなか病状が好転しない」。そういった声が我がナチュラリーにも多く寄せられています。

結論から申し上げれば最新医学による治療だけが治療ではありません。最新という触れ込みはあくまで西洋医学のそれを指し、東洋医学についてはまるでなきもののように扱われているのが実情です。しかし考えてみてください。蘭学が入ってくる以前、この国は東洋医学や民間医療で病を治してきました。その頃はがんの発生率も低く、うつ病も花粉症も存在せず、庶民の健康を脅かしていたのは天然痘・はしか・脚気《かっけ》といった、現在では充分に治癒が可能な病気でした。そんな時代にあって、我々のご先祖さまはその時代の治療法で病気と闘ってきたのですね。

最新医療であっても確実に完治できる保証はなく、逆に最新西洋医学でなくても治癒が可能な病が存在するのです。それはわたし織田豊水が今までお世話をしてきた会員さまの経験談をお知りになればたちどころに納得されるでしょう。民間医療に対する疑念もあっという間に氷解するでしょう。

最初は体験入会で一週間試してください。どんな治療にも患者との相性というものがあります。今のあなたに一番相応《ふさわ》しい治療法をともに見つけようではありませんか。

主宰　織田豊水』

入会への勧誘文言としては月並みな部類と思われる。だがコメントの横に掲載された織田豊水の近影が、月並みな文言に異様な迫力を付与していた。

見掛けの年齢は五十代。人並外れて顎《あご》の長い男でスキンヘッド、眼光が極めて鋭い。近影では口角を上げているものの、こちらを恫喝《どうかつ》するような笑顔にしかならない。ひと言で表すなら容貌魁偉《ようぼうかいい》といった風だが、作務衣《さむえ》を着込んでいるので尚更《なおさら》異様さが増す。

医療従事者というよりも得体の知れない僧侶《そうりょ》という風貌だった。

「どう見ても人様の病気を治すような面じゃないな」

麻生も似たような感想を述べた。

「作務衣姿だからそれっぽく見えないこともないが、派手な開襟シャツでも着せたら、立派な武闘派の極道だぞ」

「確かに脳より筋肉の方が発達していそうですね」

「本人のプロフィールとかは載っているのか」

「ここにありますね。ハンガリー国立大学医学部卒。帰国後、国立病院に勤務するが、日本の医療技術に疑問を抱き、〈ナチュラリー〉を主宰」

「学歴は大したもんだが、どこまで本当なんだか」

「班長はこの織田豊水という男、どう思いますか」

「国立病院を辞めた直後、民間医療を主宰するだと。胡散臭いにも程がある」

麻生は吐き捨てるように言う。

「大体から俺は民間医療というのを信用していない。年寄りの言うことは千に一つも間違いがないってのとは、また話が違う。傷口につけるのは唾《つば》より消毒液の方がいいに決まっている。民間医療がそれほど有効だったら、医者なんぞ要らなくなるぞ」

麻生の民間医療に対する心証は平均的な日本人のそれと似通っているだろう。娘を病院に預けているという事情を取り払っても、犬養も同様の見方をしている。

てんかんになったら頭に草履を載せる。

春の風に当たると脳梗塞《こうそく》や心筋梗塞になりやすい。

クラゲに刺された時は患部に尿をかければいい。

どれも人口に膾炙《かいしゃ》した話で大昔は立派な民間医療だった。だが医学的な根拠は皆無であり、はっきり言ってしまえば迷信の類《たぐい》でしかない。最近では水素水がそうだ。あれだけ健康食品と喧伝されているが、医学的根拠がないのであれば迷信か少し手の込んだ詐欺に過ぎない。

沙耶香が帝都大附属病院で治療を続けている手前、医療に関わる詐欺には敏感になる。既に犬養は織田豊水を清廉潔白とは思えなくなっている。

「それでお前はどうするつもりなんだ」

「幸い、ホームページには〈ナチュラリー〉の本部住所が記載されています」

犬養はページ上の一点を指し示す。

「直接会ってみようと思います」

「どんな名目でだ。いつぞやのように沙耶香ちゃんをダシに使うつもりか」

「いいえ」

座っていた椅子を回転させて麻生に向き合う。

「二つの事件の根幹に胡散臭い団体が存在しているんです。これはれっきとした捜査ですよ」

「正式な捜査をさせろって話か」

「胡散臭いのは班長も嫌いでしょう。ビンゴなら次に起こる犯罪の抑止になる。外れても俺の骨折り損になるだけです」

麻生が昏《くら》い目でこちらを睨む。

渋々ながら部下の上申を認める時の目だった。

3

「民間療法って今、ちょっとしたブームなんですよ」

世田谷区にある〈ナチュラリー〉本部に向かうインプレッサの助手席で、明日香は犬養に話し掛ける。

「引退したフリーのアナウンサーやオリンピック出場経験のあるスポーツ選手が闘病途中で退院して、民間療法に移行するんです。それを逐一ＳＮＳで公開しているから、ファンやそうでない人までもが見たことも聞いたこともないような民間療法に興味を持ったりするんですよ」

「それでちょっとしたブームという訳か」

「民間療法自体は以前からあったんですけど、有名人のＳＮＳを通じて俄に注目された感じですね」

「民間療法のほとんどは医学的根拠なんてないだろう。どうしてそんなものがブームになるんだ」

「わたしの素人意見でもいいですか」

明日香は遠慮がちに申し出るが、むしろ犬養はその素人意見が聞きたいと思う。自分は沙耶香が病院で世話になっているせいもあり、どうしても民間療法に対して客観的に捕捉できないきらいがある。

「民間療法が一部で持て囃《はや》されるのは、最先端の現代医療への不信感が原因のような気がするんです」

「分からんな。最先端の技術なら信用こそされ、不信感を抱かれるのは変じゃないか」

明日香は次の台詞《せりふ》を、ひどく言いにくそうに口にした。

「医師が誇る先進医療でもがんとかの難病を克服できないからです」

言いにくそうにしているのは、沙耶香が未だに腎不全で苦しんでいるのを慮《おもんぱか》ってのことだろう。

「先進医療なんて名前は大層だけど、病気が治らなかったらただの研究じゃないですか。それに先進医療って保険の対象外ですよね」

「ああ、そうだ」

保険には高額療養費制度がある。医療機関や薬局で支払った医療費が暦月《れきげつ》（月初から月末まで）で一定額を超えた場合、その超えた分の金額を支給してくれるのだが、先進医療とされる部分はこれが認められていない。

「だから先進医療って富裕層しか受けられないイメージがあるんです。患者の多くは富裕層じゃないから、自然に縁遠くなります。誰だって縁遠いものを信用しようとは思わなくなりますよ」

「民間療法は信用できるのか」

「患者さんやその家族というのは不安だと思うんです。何かに縋《すが》りたいけど先進医療には縋れない。だから民間療法に流れるんじゃないでしょうか。それともう一つ、ネットでの拡散がすごいんです」

「インチキ医療の広告か。しかし、その手の虚偽広告は二〇一七年六月の医療法改正で是正されているはずだ」

以前は明日香の言う通り、ネットは医療関係の虚偽・誇大広告で溢《あふ》れ返っていた。

『病院に頼らないがん治療』

『最先端免疫細胞療法で完治』

『食事療法だけで治せる』

『病院では教えないヨガ治療』

『ビタミンCこそがんの特効薬でした』

『三千人のがんを克服したハーブ』

いずれも医学的根拠は薄弱もしくは皆無であり、詐欺商法といって差し支えない広告群だった。そういったインチキ広告が野放しになった背景は、インターネットでの医療情報が広告とは見做《みな》されず、医療広告ガイドラインや薬機法《やっきほう》（医薬品、医療機器等の品質、有効性及び安全性の確保等に関する法律）の対象外とされてきたからだ。被害者が増え関係省庁に訴えが殺到し医療法改正と相成ったものの、未だにインチキ医療の広告は絶えない。

「民間療法の中には、祈禱紛《きとうまが》いのずいぶん怪しいものもあると聞いた」

「新興宗教だって、部外者が聞いたらトンデモなものが多いじゃないですか。でも信者は真剣そのもので、下手に批判なんかされようものなら、まるで親の仇《かたき》みたいに食ってかかる。あの、わたし民間療法って一種の新興宗教だと思うんです」

明日香の考えは至極客観的だが、それは身内に重篤患者を抱えていないせいだろう。岡目八目とはよく言ったものだ。

一方、犬養はそれらがインチキと頭では理解しているものの、藁《わら》にも縋りたい患者と家族の気持ちが理解できるだけに余計悩ましい。明日香や麻生の前では毅然《きぜん》とした態度を心掛けているが、逆に言えば心掛けていなければならないほど自身を保てるかどうか不安なのだ。

「〈ナチュラリー〉を調べるということだったので、わたしもインチキ医療や偽治療についてひと通りは予習したんです」

「熱心だな」

「足手纏《まと》いになりたくないんです」

明日香は負けん気を隠そうともしない。コンビを組んだ当初は犬養の言動にいちいち眉根《まゆね》を顰《ひそ》めていたものだったが、犬養以上に癖のある刑事技能指導員と組ませてからは以前ほど拒否反応を示さなくなった。これを成長というのか感覚が鈍麻したというのかは意見が分かれるところだが、少なくとも犬養には都合がいい。

「調べるまでは、こういうインチキに関わっているのはみんな詐欺師だとばかり思っていました。でも、そういう広告を逐一見ていると立派な肩書を持った医師が名を連ねているのでびっくりしたんです。もっとも医師が提唱する際にはインチキ医療じゃなくて自由診療という言い方をするんですけど」

明日香はスマートフォンを取り出すと、確認するように画面を繰り出した。

「たとえばお医者さんが提唱しているがんの自由診療で大きなものは二つ。一つ目はビタミンC療法。確かに動物実験レベルでは成功例もあるけれど、診療ガイドラインでは推奨されていません。二つ目は免疫療法。これもひどい誤魔化しがあって免疫療法として推奨されているのは、リンパ球の働きを抑制するタンパク質の阻害剤だけです。それ以外の免疫療法は、やはり診療ガイドラインで推奨されていません。ペプチドワクチンを投与することで免疫活動を活発化させる方法には大きな期待が寄せられましたが、これも残念ながら有効性を示せませんでした」

皮肉な口調が収まらない。明日香が列挙した自由診療とは、とどのつまり研究的な治療に過ぎないものを特効薬のように謳《うた》っている。肩書は医師でもやっていることは詐欺に近く、明日香が自由診療を提案する医師に嫌悪感を抱くのも無理のない話だった。

「自由診療はほぼ例外なく高額です。正規の医療に光明を見出せなかった患者だから、本当に藁にも縋る思いで高い治療費を払うんですよね。でも、治療の甲斐なく亡くなっても遺族は詐欺だと訴えることもない。自由診療が無効だったという証明はできないし、最後までやるだけのことはやったという満足感があるからです。法整備も絶望的です。他の先進国では未承認のがん治療については届け出をする義務があるのに、日本には規制がないんですから。医師の肩書を持つ人間がビタミンC療法とか免疫細胞療法とかそれらしい言葉を駆使したら、大抵の患者と家族は否応《いやおう》なしに信じちゃいますよ」

「そこまで分かっているなら、当然気づいたことがあるはずだ」

明日香は少し考え込んでいたが、早々に降参した。

「何ですか」

「治療の甲斐なく亡くなってもインチキ医療の結果だとは証明できないし、遺族はやるだけやったという満足感があるから相手を訴えようとしない。病死した庄野祐樹の両親も自殺した四ノ宮愛実の夫も同じだったんじゃないのか」

ああ、と明日香は納得するように大きく頷いてみせた。

「もちろん、これは仮説の補完材料にしかならん。〈ナチュラリー〉本部と主宰の織田豊水を見にいくのは、仮説を仮説でなくさせるためだ」

「でも犬養さん。両家とも被害届を出していません。仮に〈ナチュラリー〉と織田豊水が自由診療で報酬を得ているとしても、彼を罰する法律がありません」

「そいつは俺も考えた。所轄じゃ、それぞれ病死と自殺で片付いている事件だ。掘り返したところで所轄の判断が覆る可能性はなきに等しい。〈ナチュラリー〉の自由診療が胡散臭い代物だと暴いたところで遺族が溜飲《りゅういん》を下げる訳でもない。班長には次に起こる犯罪の抑止になるともっともらしいことを言ったが、自由診療を求める患者と家族がいる限り、俺たちの捜査なんて暖簾《のれん》に腕押しみたいなものだ」

聞きながら、明日香はますます不快な表情になっていく。

「この捜査が骨折り損になるのは目に見えている。だから高千穂、お前が無理に付き合う必要はない。今からでも署に戻って他の案件に注力して構わない」

明日香はしばらく無言でいた。このまま行くか戻るかを検討しているとばかり思っていたが、明日香の返答はこの日一番尖《とが》ったものだった。

「そういうのが犬養さんの嫌なところなんです」

どことなく拗《す》ねたような物言いに、犬養は既視感を覚える。

そうだ、これは沙耶香の口調とそっくりだ。

「一人で決めて一人で突っ走って。運よく犯人逮捕に結びついているからいいようなものの、空振りだったり誤認逮捕だったりしたらどう責任を取るつもりなんですか。犬養さんがクビになったら、誰が沙耶香ちゃんの入院費を払うっていうんですか。別れた奥さんですか」

「それ以上、言うな」

犬養が低い声で返すと、明日香は唇を尖らせて黙り込んだ。

二人を乗せたインプレッサは世田谷区経堂《きょうどう》に入っていく。駅を中心に商店街が広がっているが、どの路地も狭く一方通行が多い。初めての人間はカーナビがあっても迷うだろう。タクシー運転手をして〈経堂迷路〉と呼ばれる所以《ゆえん》だ。

商店街を抜けると幼稚園や保育園が目立ってくる。地域に若い夫婦が多く住んでいる証左と言える。外に洩れる園児たちの声は時として騒音になるが、やはり若い夫婦の方が寛容に受け容《い》れてくれる。

目的の〈ナチュラリー〉本部は幼稚園の隣にあった。

木造平屋建てだが間口がやけに広い。屋根や壁は隣接する民家と同様なので、おそらく玄関のみを改装したのだろう。玄関引き戸の上には〈ナチュラリー〉の看板が誇らしげに掲げられている。

幼稚園からは園児たちの声が、隣家からはワイドショーの音が洩れ聞こえる。日常の狭間《はざま》にありながら正面の建物の中では詐欺行為が行われていると考えると、犬養は不意に現実感を失くしそうになった。

玄関脇のインターフォンを押すとすぐに女の声で反応があった。

『どちらさまでしょうか』

「〈ナチュラリー〉という小冊子を拝見した者です。難病治療の件で織田先生にお話を伺いたく参りました」

『少々お待ちください』

明日香と二人で待っていると、やがて玄関口に作務衣姿の女が現れた。主宰である織田の装束に合わせているらしい。

「事務局の毬谷貢《まりやみつぐ》と申します。失礼ですが、当方の機関誌は会員の方にしか配布しておりません。〈ナチュラリー〉をご覧になられたということですが、どなたかのご紹介でしょうか」

「申し遅れました。警視庁刑事部の犬養と申します。こちらは高千穂」

建物の中に入った時点で素性を明らかにするのは事前に決めていた。世田谷のど真ん中に本部を置いてホームページを開設している団体だ。表向きは相応の体裁を整えているだろうから、こちらも正攻法で斬り込もうという算段だった。

二人が警察官と知っても貢は特に驚いた様子を見せない。努めてそうしているのかもしれないが、感情の起伏に乏しい女だと思った。切れ長の目をどこかで見た憶《おぼ》えがあったが、どう記憶を辿《たど》っても初対面のはずだ。

「実はここ数週間で不審な事件が続出し、いずれも被害者がこちらの会員であることが判明しました。その件で織田豊水さんからお話を伺いたいのです」

庄野夫妻と四ノ宮夫妻が〈ナチュラリー〉の会員である確証は未だ得られていない。言わば見切り発車の前口上だが、この程度のはったりなら許容範囲内だろう。

「会員さまの名前をお教えください」

犬養が庄野夫婦と四ノ宮夫婦の名前を告げると、貢は「少々お待ちください」と断って奥へと姿を消した。

「いいんですか、犬養さん。こちらの手の内を全部見せるようなことして」

「どうせすぐ知れる。構わない」

ほどなくして貢を従えて巨魁が姿を現した。サイトの自己紹介で見た通り並外れて顎の長い顔だが、背丈も人並み外れている。二メートルは優に超えており、比較的長身の犬養が並んでも相手の首に届かないのではないか。容貌魁偉の巨体が作務衣を着ていると異様な迫力がある。

横に立っていた明日香が半歩退いた。今まで何度となく凶悪犯と対峙してきた彼女ですら後退《あとずさ》りするほどの威圧感らしい。

「わたしが織田豊水です」

巨漢に相応しい声質で、低いがよく通る。怒鳴れば窓ガラスがびりびりと震えそうだ。本人は会釈しているつもりなのだろうが、目が笑っていない。犬養と明日香を代わる代わる睨み、こちらの考えを見抜こうとしているようだ。

「ウチの会員について調べに来られたとか」

「主宰。庄野祐樹さんと四ノ宮愛実さんの件だそうです」

「庄野祐樹と四ノ宮愛実。ふむ、名前と顔が一致しないが、事務局長が確認したのならそうなのだろう。それで警察はわたしに何を訊きたいのかね」

語るに落ちるとはこのことだ。今のやり取りで二人が〈ナチュラリー〉の会員であるのが立証された。

「二人とも亡くなりました。ご存じなかったですか」

「何せ施術する会員は一日に十人以上もいる。加えて世情に疎い。世間を賑《にぎ》わす些事《さじ》にもあまり興味がない」

一人は病死、一人は自殺。それを些事と言い切る神経にむらむらと反感が湧く。

「玄関先では落ち着いて説明もできない。道場へ参られい」

織田はくるりと踵《きびす》を返す。巨体ながら身のこなしが軽い。犬養と明日香には好都合の展開にも拘《かか》わらず、織田に拘引されるようで不快さが残る。

それにしても道場とは恐れ入る。いやしくも治療を表看板に掲げている団体の発想ではない。どちらかと言えば武道か、さもなければ怪しい宗教の臭いが漂ってくる。

内部は予想した通り一般住宅の内装と変わりない。居間と少し広めのダイニングキッチンを細い廊下が隔てている。

「中は普通の居宅なんですね」

犬養が背中に問い掛けると、貢は振り向きもせずに応《こた》える。

「以前、主宰が施術した会員さまから治療費代わりに譲り受けたものです」

「築年数が経過していても世田谷区経堂の物件です。治療費代わりとしても相当に価値があるでしょう」

「その会員様は別に居宅をお持ちでしたので。建物が古い割に税金が高いので、手放すにはちょうどいい機会だと仰っていました」

織田に心酔する会員から有価証券や不動産を分捕るなど、ますます怪しい宗教のやり口だ。この時点で〈ナチュラリー〉に対する犬養の心証は真っ黒になる。

奥に進むと改装を施したのが玄関だけではないことに気づく。突如として空間が広がり、目の前に六枚の襖《ふすま》が出現する。その横には〈更衣室〉とプレートの掛かった小部屋があり、襖の向こうが道場であることを窺わせる。おそらくは大規模な増築をしたのだろうが、玄関からは想像しにくい造りになっている。

織田たちに続いて道場に足を踏み入れる。中は三十畳ほどあろうか、青畳が敷き詰められており、紛《まが》うかたなく道場の体《てい》を成していた。床の間には刀掛け、その上には何やら横文字の証書が額に飾られている。貢に尋ねると、ハンガリー国立大学の卒業証書だという。

「施術の中身を説明するには、やはりここがいい。説明を受ける側も分かり易かろう。さあ、お座りください」

織田が先に胡坐《あぐら》をかき、犬養と明日香がそれに倣う。貢は織田の背後に立ったままだが、頭の位置が織田とそれほど変わらない。

「庄野祐樹と四ノ宮愛実のカルテを寄越しなさい」

命じられた貢はいつの間に用意していたのか二人分のファイルを織田に差し出す。

「庄野祐樹がフィブロネクチン腎症、四ノ宮愛実は膵臓がん。ああ、そうか。この二人だったか」

織田はすっかり思い出した様子でファイルを突き返す。その仕草にも死者への敬虔《けいけん》さが感じられず、犬養はまた苛立《いらだ》つ。

「二人とも誠心誠意の施術を試みた。だが少年の体力では病魔に対抗するだけの治癒力を回復できなかった。主婦はもう少し鍛錬していれば必ず快方に向かったものを、みすみす自身で終止符を打ってしまった。重ね重ね無念だ。無念極まる」

いかにも芝居がかった台詞で、それが本音でないことが分かる。犬養は苛立ちを抑えて織田に問う。

「二人の死が謀殺でないにせよ、いずれもこちらの会員であったのは見過ごせません」

「当会が二人の死亡に関与しているというのですか」

「そうは言ってません。しかし〈ナチュラリー〉が二人にどういう施術を試みたかは、我々も知っておく必要があります、施術が二人の死亡に無関係であることを確認するという意味でもあります」

「施術の内容を説明するのは吝《やぶさ》かではない。よろしい、織田がお話ししましょう。犬養さんと言われたか。あなたは、元来人には自然治癒力があるのをご存じか」

「切り傷が自然に塞《ふさ》がる。風邪も安静にしていれば治る。そういう類の話でしょうか」

「左様、と言いたいところだが不充分ですな。プラシーボ効果といって、ただのデンプンを偽薬として患者に与えると下痢や不眠症、中には鎮痛効果を示した例がある。実際、現実の医療現場でも偽薬は活用されています」

「医師が偽薬を使用しているのですか」

「たとえば新薬テストです。新薬を投与するグループと偽薬を投与するグループに分け、薬効を比較する。偽薬より優位性を示せなかった新薬が発売中止になった例は少なくない。病は気からなどという言葉があるが、この事例からも人に備わった自然治癒力には驚嘆すべきものがある。場合によれば最先端の医療チームの開発した新薬の薬効を上回ることがあるのだから。考えてみれば、巷《ちまた》に溢れる薬品というのは全て人が備えている自然治癒力を人工的に作ったものに過ぎない。それなのにっ」

いきなり織田の声が大きくなる。明日香などはびくりと肩を上下させたくらいだ。

「医者が薦める薬品、市販の薬品には多かれ少なかれ副作用というものがある。これは自然治癒力を模倣しようとして模倣しきれない現代医学の限界なのです。自然治癒力には起こり得るはずのない副作用を生んでしまう時点で、薬品というのは偽薬以下の存在であるのを露呈している」

織田の言葉には迷いなど微塵もなく、口調は自信に溢れている。なるほどこの調子で心身ともに衰弱している者を説き伏せれば白を黒と錯覚させるのも可能だろう。犬養はますます織田が胡散臭くなる。

「先進医療と崇《あが》められているものも同様に眉唾と言っていい。がんは克服できると大言壮語している者もいるが、実際には早期発見してがんを摘出しても転移を繰り返して結局は死に至る。たとえば先進医療の一つである陽子線治療はどうか。丁寧にがん細胞を除去してもミクロレベルのがん細胞が残っていれば必ず再発する。よくがんが完治したと吹聴《ふいちょう》する患者もいるが、あれは完治ではなく今のところ再発の兆しが見えないというだけのことだ。この織田が断言する。先進医療というのは対症療法に過ぎず、病因を根絶する訳ではない」

「では〈ナチュラリー〉の方法で根絶は可能なんですか」

「悔しいかな、根絶は無理だ」

織田はあっさりと答える。

「詐欺師ではあるまいし、自然治癒力でがん細胞を残らず駆逐するのは不可能だ。しかし克服はできる」

「根絶できなくても克服できるというのは矛盾のような気がしますが」

「根絶はできない。しかし再発を抑えることができる。病因を肉体の深奥に抱えていても、発病もせず平穏な日常生活を送れるなら、その状態が即ち克服なのです。しかもそれが自然治癒力によるものであれば副作用などないのだから、後の心配は何も要らない」

「では織田さんの施術とは具体的にどういうものなのですか」

「外的圧力による自然治癒力の増幅です。事務局長、根気棒を」

「はい」

貢は道場の一角に設《しつら》えられた床の間に進む。特製と思《おぼ》しき刀掛けには十本の棒が縦に並んでいる。貢はそのうちの一本を取り上げ、戻って恭しく織田に捧《ささ》げる。

長さは野球のバットほどあろうか全体が海藻のような深緑色をしており、犬養のいる場所にも薬の匂いが漂ってくる。

「根気棒という。施術はこの棒で全身を隈《くま》なく揉《も》む」

「薬の匂いがしますね。棒に塗り込めてあるんですか」

「左様。威霊仙《いれいせん》・烏頭《うず》・黄柏《おうばく》・葛根《かっこん》・桔梗《ききょう》・杏仁《きょうにん》・桂皮《けいひ》・五味子《ごみし》・牡丹皮《ぼたんぴ》、その他三十にも及ぶ和漢の薬草をそれぞれの病状に合わせて調合してある。薬草を浸潤させた棒を皮膚の上から丹念に丹念に押し付け、筋肉・血管・脂肪・皮膜・内臓に外側から薬効成分を沁《し》み込ませる。すると体内に眠っていた自然治癒力が刺激され、病因を駆逐すべく増幅されるという仕組みです」

犬養は棒を見て、即座に庄野祐樹と四ノ宮愛実の身体に刻まれた無数の痣を思い出した。太さといい質感といい、この棒が二人の痣を拵えた道具に相違ないと思える。明日香も同様に考えたらしく、織田の握る根気棒に目が釘《くぎ》付けになっている。

「棒を握るのが織田さんなら、さぞかし患者も頼もしいでしょうね」

犬養は織田の腕を見て言う。巨魁に釣り合う太い腕で、犬養の脚ほどもある。

「いや、わたしが棒を握ることは少ない。補助的なことをするが、患者に触れるのは親族と定めている」

「織田さんが自ら施さないのに施術と呼んでいるんですか」

「それぞれの症状に合致した調合。それこそが施術の肝要であり、揉み出しは単なる力仕事に過ぎない。もちろん揉み方の強弱と位置についてはこちらから指示する」

胸の裡《うち》で犬養は歯噛《はが》みをする。浅い痣を残すことが暴力や傷害に当たるかどうかは微妙だったが、織田自身が手を加えないとなると実行犯としての要件が認められ難《にく》くなる。強要や教唆《きょうさ》の容疑で引っ張るにしても、そもそも実効性が不確実なので立件自体が危ぶまれる。

「わたしの説明で充分納得いただけましたか」

織田は根気棒で自分の肩を叩《たた》く。挑発の仕草だと分かっているので、犬養は努めて平静を装う。

「素人には理解が困難な理論です」

「理解せずとも納得すればそれでよろしい。あなたはテレビ局から発信された電波がどういう仕組みでテレビのモニターに映像となるのか説明できない。しかし日常的にその利便を享受しているでしょう。それと同じだ。受益者だからといって森羅万象を理解する必要はない」

体のいい思考停止だと思った。患者に考えることを許さない。結果のみを甘受しろという。

「費用について伺います。庄野祐樹及び四ノ宮愛実の治療に際して要求した費用はいくらだったのですか」

織田が顎で示すと、貢はファイルを開く。

「庄野祐樹さま三百八十五万九千円、四ノ宮愛実さまが四百二十六万八千円ですね」

今まで黙っていた明日香の喉元《のどもと》から、うっと声が洩れた。決して庶民が簡単に用意できる金額ではない。いや、両家を訪れた犬養にはそれが身を切るような出費であるのが分かっている。

「民間療法としては割高な印象があります」

「それはあなたが死ぬような苦しみを味わったことがないからだ。想像してご覧なさい。今も全国の病院のベッドでは、遅々として進まぬ治療、少しも快復しない病状に絶望し枕を濡《ぬ》らしている患者たちが何百何千といる。彼らはもしその痛みと苦しみから解放されるのなら喜んで全財産を手放す。借金を厭《いと》わない者もいるだろう。現代医学ではそういう彼らを救えない。救えるのは、わたしのように哲学と覚悟を持った治療者だけだ」

織田の説明を聞いて確信した。〈ナチュラリー〉は自由診療を看板にしているが、やっていることはタチの悪い新興宗教と一緒だ。心身が疲弊した患者と家族に善人顔で近づき、魅惑的な理屈で酔わせ、信じれば幸せになれるのだと説く。やがてなけなしの金品を毟《むし》り取っていくが、毟り取られた側は感謝するばかりで相手を訴える気など更々ない。

本来、詐欺を含め知能犯は捜査二課の対応になる。だが犬養は腹の底から込み上げてくる怒りを無視できない。直情径行のきらいがある明日香は尚更だろう。今にも織田に摑《つか》みかからんばかりの顔をしている。

「あなたが説明を理解できないのは、あなたが健常者だからだ。何かに罹病《りびょう》し、病院の治療に満足できなくなったらいつでも当会を訪ねてきなさい。もちろん、あなたの家族も歓迎しよう」

これ以上話していると犬養の自制心に穴が開きそうだった。

「ご親切にありがとうございます。お言葉に甘えてまた伺うかもしれません」

「では、またその時に」

明日香を促して立ち上がるが、相棒は憤懣《ふんまん》遣る方ない顔でこちらを睨んでいる。貢に先導されて来た道を戻る。本部を出てインプレッサの助手席に座り込んだ途端、明日香は牙《きば》を剝《む》いた。

「好き勝手言われて、よく我慢できましたね」

「ああいう手合いは好き勝手に言うのが商売みたいなものだ。論破されるのを何より嫌がるから、一つ反論すれば十返ってくる。独断に満ちた言説をあれ以上聞きたかったのか」

「それにしたって、お言葉に甘えてまた伺うって」

「治療目的で再訪するとは、ひと言も言ってない」

エンジンが噴き上がっても明日香は苛立たしそうに爪を噛んでいる。

「今回、二課の協力を得られませんか」

「現状ではネタが薄弱過ぎる。二課に持ち込んでも慰められるか苦笑されるかのどちらかだろう」

「まさか庄野夫婦にも四ノ宮さんにも泣き寝入りしろというんですか。祐樹くんや愛実さんに何も報いてやれないんですか」

「機嫌が悪そうだな」

「当たり前です」

「だったら爆発しそうなエネルギーを他に転化しろ。その場で発散したらもったいないぞ」

アクセルを踏みながら、今の忠告は自身に向けたものだと自覚した。

「分かってます。さっきの教養を聞く限り、あの男は医療従事者じゃありません。れっきとしたペテン師です」

れっきとしたペテン師というのは妙な言い回しだったが、織田には相応しい称号にも思える。

「相手がペテン師なら、こっちにも対処の仕方があります。織田について、ちょっと調べてみたいことがあるんです」

4

四日後、犬養が別件の捜査から戻ると、明日香が駆け寄ってきた。何か報告したくて堪《たま》らないと顔に書いてある。

「何を報告したいんだ」

「織田豊水の素性です」

「前に言っていた、ちょっと調べたいというのはそれか」

「織田豊水なんていかにもな名前、絶対変名だと思ったんです。それで〈ナチュラリー〉の商業登記簿を洗ってみたんです」

明日香は得意げに鼻を膨らませる。

「案の定でした。登記簿にはちゃんと本名で記載されていました。織田豊水、本名は織田豊嗣《とよつぐ》。〈ナチュラリー〉は有限会社になっていて、織田は代表取締役として登録されています」

「織田の本名が判明したのは良しとして、あいつの何を調べるつもりだ。前科があったかどうかか」

「もちろん前科も調べましたけど、残念ながらデータベースにはヒットしませんでした。ただ、最初から狙いは別のところだったんで」

明日香は握っていたA４の紙片を差し出した。見れば英文がずらりと並んでいる。

「これを読めというのか」

「わたしが訳します」

「お前、大学では中国語専攻じゃなかったのか」

「第二外国語が英語でした。これ、大学から発行された文書ということもあって簡明な英文が使用されています。かの国の母国語はハンガリー語なんですけどね」

「ハンガリー語だと」

「わたし、ハンガリー国立大学に照会をかけてみたんです。そちらの医学部に織田豊嗣という卒業生はいるのかって」

そういう目的だったたか。

「これが大学からの回答という訳か」

「『親愛なるメトロポリタン・ポリス・デパートメント』……挨拶《あいさつ》の直後にすぐ回答してくれています。『問い合わせのトヨツグ・オダなる人物は当大学の卒業生記録に該当がなかった。医学部のみならず全学部をサーチしても結果は同じだった。なお、当該人物については在学記録も確認できなかった』」

学歴詐称。しかし、あの怪しげな風体なら却って納得できるのは妙な具合だった。

「だが、あの道場には卒業証書が飾ってあった」

「それについても大学側に問い合わせました。回答は次の通りです。『卒業生でない者に当大学の卒業証書を発行することは有り得ない。最近、同様の問い合わせが続いているため、大学でも調査を開始したところである』」

「学歴詐称に加えて卒業証書の偽造か」

「偽造を請け負う専門サイトがあるんです。百ドルから二百ドルで卒業証書から成績証明書まで偽造してくれます。申込みは簡単で、当該サイトに会員登録してから学校名や卒業年度、専攻、学位と自分の氏名を表示すればＯＫです。製作期間は大体一週間から十日前後」

「ずいぶんとお手軽だな」

「最近の大学は検証が厳格になっているので、留学や転入にはほとんど騙《だま》されないそうです。でも素人を騙すには充分ですよね」

個人病院の中には医大の卒業証書を仰々しく飾っているところもある。医療と権威が結びついているのなら、偽造卒業証書にもそれなりのご利益があるということか。

「帰国後に国立病院に勤務という経歴も眉唾です。あの男の言うこと、まるで医者の言葉とは思えませんでした」

「どうせそっちも調べたんだろう」

「厚労省のサイトで医師等資格確認検索ができるんです。予想通りです。織田豊嗣は医師免許を取得していません。ヤツは偽医者です」

「だが、経歴詐称も法的な意味では犯罪じゃない。卒業証書の偽造に関しては私文書偽造の罪に問えるが、無印私文書で一年以下の懲役か十万円以下の罰金、有印私文書の場合でも三カ月以上五年以下の懲役だ。大した罰にはならんぞ」

「たとえ短期の懲役でも、服役している間は織田も活動できません。それに逮捕されたという風評だけでも〈ナチュラリー〉に頼る患者を少なくできます」

「いや、その見方は楽観的過ぎる」

犬養は言下に否定した。

「〈ナチュラリー〉は一応医療団体の体裁だが宗教的な色合いが濃い。施術といっても織田自身が根気棒で患者に触れることはほとんどないという説明だった。言い換えれば織田が不在でも施術は継続可能ということだ。風評による影響もおそらく限定的だ。宗教色が強ければ教祖の逮捕・拘束は殉教になってしまう。下手をすれば織田や〈ナチュラリー〉への帰属意識を強固にしかねない。第一、送検したところで検察が起訴するかどうかも保証の限りじゃない」

犬養が畳みかけると、明日香の表情は見る間に萎《しお》れていく。少々厳しいと思ったが、そもそも立件すら危うい状況で織田を引っ張るにはもっと確実で相手の致命傷になるような武器が必要になる。

「ただ織田の素性をそこまで暴いたのは無駄にならない。あいつが詐欺師であることの証明の一つになる」

「こんなの単純な問い合わせとネット検索だけでやれます」

明日香は不貞腐《ふてくさ》れたように唇を尖らせる。

「拗ねて可愛く見せるのには年齢制限があるというのを知っているか」

「セクハラです」

「言い返す元気があるなら結構だ。それじゃあ行くぞ」

犬養は戻ってきたばかりだったが、すぐまたドアに向かって歩き出す。後ろをついてくる明日香は見当がついているのか、行き先を尋ねもしなかった。


二人を乗せたインプレッサは東馬込の庄野宅に到着した。玄関ドアの〈忌中〉の張り紙は風ではたはたと踊っている。

今日もまた喜一郎は不在で、在宅していたのは聡子だけだった。

「また犬養さんですか」

玄関先に出てきた聡子はさすがにうんざりとしていたが、もう構ってはいられない。

「約束でしたから」

犬養はそう告げると、聡子が強硬に拒絶しないのをいいことに有無を言わせぬ勢いで居間に押し掛ける。玄関先で話しても逃げられる。祐樹の遺影の前で、聡子の退路を断っておかなければ彼女の真意を引き出せないと考えたからだ。明日香も後に続く。

「約束というのは何ですか」

「〈ナチュラリー〉と祐樹くんとの関連が認められればまた伺うという約束です。庄野さん。あなたと喜一郎さん、そして祐樹くんは三人とも〈ナチュラリー〉の会員だったんですね」

犬養の態度から察しはついていたのだろう。聡子は傷口に触れられたような目で犬養を見る。

「自由診療でしたか、祐樹くんは退院後に〈ナチュラリー〉の医療行為を受けている。何種類もの薬草を塗り込んだ棒で、ひたすら患者の身体を揉み続ける。薬草の薬効成分が人の持つ自然治癒力を高め、がん細胞を駆逐する。織田豊水から得々と教義を聞かされました。庄野さん、祐樹くんの身体を揉み続けたのはあなたたちご夫婦だそうですね」

「他人よりも身内の手で施術した方が、本人がリラックスするんです。実際、施術をしている最中も祐樹は痛み一つ訴えませんでした」

「わたしも素人ながら内臓疾患について勉強したが、織田が言っていることは医療の常識を無視した世迷言《よまいごと》だ。ペテンと言っても構わない」

「織田先生の技術をペテンだなんて決めつけないでください」

聡子は初めて色を作《な》した。

「親子三人で相談して織田先生のお力に縋ろうと決めたんです。織田先生は本当に親身になってわたしたちの話を聞いてくれて、何日もかけて祐樹の症状に合ったお薬を調合してくれました。織田先生は神様みたいな人です。いくら犬養さんでも、織田先生をペテン師呼ばわりするのは許しません」

「経歴詐称は立派なペテンです。あなたは織田豊水が外国の大学を卒業したことも医師免許を取得したことも真っ赤な嘘だと知っていますか」

「……え」

「彼が卒業したというハンガリー国立大学に照会して、卒業はおろか在籍していた事実もないことが判明しました。医師免許の有無については厚労省のサイトで確認できます。あの男の経歴は虚偽と欺瞞《ぎまん》に満ちている。あなたはそんな男のインチキ教義を真に受けるんですか」

「嘘です。織田先生は立派な人格をお持ちの方です。虚偽とか欺瞞とか、そんな」

「三百八十五万九千円」

犬養が金額を告げると、聡子の顔が硬直した。

「どうやら治療に費やした金額を憶えていたようですね。三百八十五万九千円、とんでもないおカネです。失礼ながら一般家庭が右から左に動かせる金額じゃない。そのおカネを捻出するためにお二人はどうしましたか。土地家屋を担保に借金でもしましたか」

未だ傷の癒《い》えない聡子を問い詰めるのには相応の理由がある。警察としては精々私文書偽造罪くらいでしか織田を引っ張れない。だが織田のインチキ医療に騙された遺族が訴えれば風向きは変わってくる。刑事で無理なら民事で損害賠償請求をする手もある。いずれにしても織田を法廷に引っ張り出さないことには、司法の手が本人に伸びることはない。

裏切られたという絶望、大金を騙し取られたという口惜しさ。二つの感情を刺激して聡子から織田への怒りを引き出す作戦だった。

だが聡子の憎悪は別の方向に向かった。

「織田先生が医師免許をお持ちでなかったとして、それがどうしたというんですか」

「庄野さんと会った時、織田は医療従事者という触れ込みだったはずです。その時点であなたたちは騙されていたことになる」

「肩書が何だというんですか。帝都大附属病院の先生も立派な肩書を持っていたけど、祐樹を助けてくれなかったじゃありませんか」

しまったと思った。

聡子は既に真っ当な判断ができなくなっている。許容範囲を超えた絶望と口惜しさは自制心と判断力を駆逐する。しかし内部に鬱積した感情は捌《は》け口を求める。結果としてお門違いの方向に憤怒《ふんぬ》が向けられる。

「最後の最後まで織田先生は誠意を尽くしてくれました。きっと祐樹も満足して逝ったんです。あの子の平穏を得るためのおカネなら、どんなに高くても後悔なんかしません」

「しかしですね」

「わたしたち夫婦がどんな気持ちで融資を受けたか、沙耶香ちゃんの面倒を見ている犬養さんだったら想像はつくでしょう。子供を助けるための苦労だから、却って幸せだと思えませんか」

後悔しないというのは、聡子が自身に吐いている嘘だ。

今までにも入院治療費を払い続けてきたのだから、庄野家の台所事情は決して楽ではないはずだ。およそ四百万円ものカネを新たに工面する労苦は容易に想像できる。だからこそ、カネをドブに捨てたと認めたくないという心理が働く。あの出費は正しかった、自分の判断は間違っていなかったと思わなければ、死んだ祐樹と自分たちが浮かばれない。

自分自身を騙してまで安息を得ようとしている者に、損害賠償請求の裁判を起こせと求めるのは無理というものだ。

「祐樹くんを亡くした今でも、織田と〈ナチュラリー〉に対する感謝の念には変わりありませんか」

「当然です。織田先生はわたしたちに安息を与えてくれました」

「では最後に一つだけ。庄野さんに〈ナチュラリー〉を薦めたのは、あるいは織田豊水を紹介したのは誰だったんですか」

「民間療法でネットを検索していたら〈ナチュラリー〉に辿り着きました。それで三人で相談したんです」

「祐樹くんを退院させる際、あなたは自宅療養に切り替えるつもりだとわたしに説明してくれました。何の当てもなく即座に自宅療養に切り替えるとは考え難い。退院する前、既に〈ナチュラリー〉に入会していたんですね」

聡子は答えない。今まで明確に否定の言葉を連ねていたことを考えれば、この沈黙は肯定を意味している。

「民間療法への切り替えはそれなりの決意と覚悟が必要だ。受け容れる側も祐樹くんの症状を見なければ施術の計画が立てられないから、祐樹くんを織田に面会させなければいけない。ネットで偶然辿り着いた医療団体に、息子の命を預けようなんて、あなたたち夫婦が即決したのは不自然だ。違いますか」

「何と言われようと、織田先生を紹介してくれた人なんて存在しません。もういいでしょう。帰ってください」

「しかし庄野さん」

「お願いします」

いきなり泣き声に変わった。

「もう、あの子のことで辛い思いをしたくないんです。あの子が辛かったなんて思いたくないんです。そっとしておいてください。お願いします」

声だけではなく、聡子の目には涙が溜まっている。張り詰めていたものが決壊する寸前だった。

もうひと息だという声と撤収するべきだという声が同時に聞こえた。

次の瞬間、明日香に腕を摑まれた。

「犬養さん、もう限界です。おいとましましょう」

腕を摑まれてまで言われたら拒めない。犬養と明日香は仏壇の前で膝《ひざ》を突いている聡子を残し、すごすごと退去せざるを得なかった。

次に二人が向かったのは上池台にある四ノ宮宅だった。

寡夫となった四ノ宮恵吾は今日も在宅勤務だったらしく、インターフォンで来意を告げると渋々ながら姿を見せた。

「またあなたですか。今度はいったい」

「四百二十六万八千円。これが、あなたたち夫婦が〈ナチュラリー〉に支払った金額の合計だそうですね」

皆まで言わせず金額を告げる。不意を突かれた恰好《かっこう》の四ノ宮は言葉を途切らせた。

「払わされた治療費の総額も根気棒の使い方も全部調べさせてもらいました。まだ住宅ローンが残っているというのに、それだけの資金を捻出するにはずいぶんと苦労をされたでしょう」

「他人の家庭事情は放っておいてもらいたいですね」

「何も問題がなければこちらも放っておきたいところです。あなたたちが必死に掻き集めた大金を何に使おうが警察の出る幕じゃない」

「だったら」

「しかし四ノ宮さん。あなたは織田豊水なる人物が医師の資格を持っておらず、ハンガリー国立大学卒の経歴も虚偽であったのをご存じですか」

説明を聞いた四ノ宮の反応は聡子のそれと酷似していた。一瞬呆然《ぼうぜん》として信じていた神に裏切られたような顔をしたものの、すぐ思い直して犬養たちに向き直る。

「警察が調べたことですから間違いはないのでしょう。しかし、それがどうかしましたか。たとえ医師免許がなくても織田先生は立派な医療従事者です。あの人の治療を受けたことをわたしは感謝しこそすれ、後悔など一切していません」

「あなたはそうでしょう。しかし自ら命を絶った愛実さんはどうだったでしょうね。闘病のために家族にも迷惑をかけ続けている。これ以上生きているのは死ぬよりも苦痛だ。愛実さんの遺書にはそうありました。とてもじゃないが、後悔していない者の遺書じゃない。もし後悔していなかったら、最後の最後になってそんな恨み節なんか残さず、家族たちへの感謝を告げるに止《とど》まったはずです」

「見てきたようなことを言うんですね。重病になったことも絶望したこともない癖に」

「わたしの娘は長らく入院しています。臓器移植が唯一の治療法ですが、未だに適合するドナーと巡り会えません」

四ノ宮の表情に迷いが生じる。

「……本当ですか」

「娘本人には比べるべくもありませんが、闘病の辛さも絶望も理解できるつもりです。四ノ宮さん、あなたは無理をしているんじゃないですか。今、織田を否定するのは、それまで大金を注ぎ込んできた自分と、闘病生活をリタイアした奥さんの名誉を否定することになる。だから本音を口にできない」

しばらく四ノ宮は玄関先に立ったまま、口を開けたり閉じたりを繰り返していた。心が揺れている。落ちる寸前だった。だが、ここで慌てたら最前の二の舞いだ。犬養は四ノ宮の胸に届くのを祈りながら言葉を選ぶ。

「愛実さんを愛していたのなら、彼女の絶望や後悔に一矢報いるべきではありませんか。精神的苦痛を味わい大金を奪われたのは事実です。織田を訴えようとは思いませんか」

四ノ宮は逡巡しているように見えた。織田を訴えれば改めて自分たちの傷口を広げる羽目に陥る。放置していれば死者の無念を封殺し、自分を誤魔化したまま生きていくことになる。どちらにしても己を責める日々が待っている。

やがて四ノ宮は決めたようだった。

「お帰りください」

「四ノ宮さん」

「わたしはもう疲れた。愛実は疲れることさえ叶《かな》わない。ウチには娘もいるんです。これ以上、掻き回さないでください」

ここも駄目だったか――諦めかけた時、横に立っていた明日香が初めて口を開いた。

「娘さんは満足しているんですか」

四ノ宮は思わぬ方向からの指摘に意表を突かれた様子だった。

「愛実さんが後悔し家族に詫《わ》びながら死ななければならなかったのは、最後に縋りついた藁が嘘と諦めで塗り固められた藁だったからじゃないですか。もしわたしが娘さんの立場だったら、最後に行われた施術が本当に正しかったのか徹底的に検証します」

「……あなたは娘ではないし、娘はあなたではない。そういう仮定の話は意味がない」

そしてドアは静かに閉じられた。

門前払いをくったかたちの犬養と明日香は、やはり尻尾《しっぽ》を垂れた犬のように退くしかなかった。

四　教義

1

「祐樹くんはやはり病死だった」

　犬養が告げると、ベッドで上半身を起こしていた沙耶香は納得できないというように唇をへの字に曲げた。

「じゃあ、あの気味の悪い痣《あざ》は何だったの」

　織田豊水による自由診療は捜査情報でも何でもないが、庄野夫妻が〈ナチュラリー〉の会員である事実は個人情報になる。従って団体名を伏せて治療の内容を説明するしかない。

　だが根気棒なる棒で身体を揉《も》み押して自然治癒力を高める療法と聞くなり、沙耶香は陰険な目つきになった。

「何、その分っかり易いインチキ」

「医療団体の主宰はもっと大層な理屈をつけていた」

「マジ？　ねえ、マジそんなトンデモな治療を祐樹くんは信用してたの」

「祐樹くん本人には、もう確認のしようがない」

「それならお父さんとお母さんは納得してたんだ」

沙耶香が勢いで庄野夫妻を責めるかと思ったが、幸いにもそうはならなかった。

「その自由診療って要するに詐欺なんだよね」

「少なくとも俺はそう思っている」

「だったら詐欺罪で逮捕すればいいじゃない」

「それには俺みたいに、自由診療が詐欺だと考えているヤツが被害者にならないと難しい」

「え。どういうこと」

「その自由診療を施された患者たちは感謝こそすれ、主宰を全く恨んでいないからだ。つまり被害届を出す者がいなければ警察も動けない」

「でも詐欺は犯罪でしょ」

「お前に分かるように説明すると、詐欺が成立するには四つの構成要件が必要になる」

犬養は詐欺罪の構成要件について嚙《か》み砕いて説明する。

1　人を欺く行為（欺罔《ぎもう》行為）である。
2　欺く行為によって被害者が騙《だま》される（錯誤に陥る、事実と認識が一致しなくなる）。
3　財産の引き渡しや処分が行われる、または財産上の利益が加害者へ移転する。

4　1２３の間に因果関係がある。
「祐樹くんの場合、病気が完治すると施術する側が保証している訳でも、される側が完全に信じている訳でもない。完治してほしいと一縷《いちる》の望みを託しているだけだ。そう主張されれば２と４は成立しなくなる」

「そんなの、ただの言い逃れじゃない」

「施術した側の言い逃れに過ぎなくても、患者を亡くした家族に騙されたという認識がなければ、一生懸命頑張ったけど駄目だったという諦《あきら》めと感謝しか残らない」

理詰めで封殺されたのが悔しいのか、それとも織田豊水のインチキ医療が詐欺罪として成立しないことに憤っているのか、沙耶香は憤懣《ふんまん》遣る方ないという様子だ。

被害者の存在しない犯罪は果たして犯罪と言えるのか――〈ナチュラリー〉への会員の信頼度合を知った時から、犬養は絶えず自問し続けていた。被害者がいるいないに拘《かか》わらず、違法行為が立証されれば犯罪に相違ない。被害者が存在しないというのはあくまで表層的な見方であり、どれほど軽微であっても、その違法行為によってどこかの誰かが損害をこうむっているのは間違いない。

頷《うなず》ける理屈ではあるものの、警察官を鼓舞する方便と言われればそれも一つの見方だ。捜査員たちの視界に被害者の顔がなければ、どうしても士気は上がらない。たとえば今回の事件がそうだ。庄野祐樹と四ノ宮愛実。非業の死を遂げたものの、遺族は織田豊水を恨んでおらず、むしろ感謝している。更に言えば、この件で犬養たちが〈ナチュラリー〉という聖域に踏み込むことを忌避しているように思える。

そんな風に犬養が当惑していると、沙耶香が不満そうな声で沈黙を破った。

「お父さん、それでもお父さんなの」

「どういう意味だ」

「祐樹くんがあんな痣だらけの身体になって死んだっていうのに、祐樹くんのお父さんとお母さんが本当に感謝なんかしてると思うの。思う訳ないじゃない」

「しかしご両親は俺にちゃんと」

「お父さん、刑事として質問したんでしょ。もし二人がインチキ医療を庇《かば》っているのなら警察に本当のことを話すはずないじゃない。自分の子どもが死んで感謝するなんて、どこかで無理してるに決まっているじゃない」

犬養は返事に窮する。

沙耶香の言い分はもっともであり、犬養自身が幾度も自問してきたことだ。おそらく両遺族とも何かしらの後悔は抱いているはずだ。だが死んだ家族も自分たちもやることはやったと信じたいから真意を胸の裡《うち》に押し隠している。

実際、織田と〈ナチュラリー〉の真の罪深さはここにある。ペテンじみた治療を施され、目の玉が飛び出るような料金を払わされ、結局家族を失っても全て自分たちの意思で行ったことだから肯定するより他にない。自由診療が間違いだったと表明するのは、自分たちの全否定に繋《つな》がる。

まさしく宗教だった。教義を信じ教祖を崇《あが》め奉ってきたのが間違いであり、己の言動が軽挙妄動であったと認めるのが怖くてならないのだ。しかも死んだのは愛する家族だ。言い換えれば自分の浅慮で殺したようなものだから恐怖と自己嫌悪は否応《いやおう》なく増す。

「仮に祐樹くんのお父さんとお母さんが無理をしているとしても、まだ喪も明けないうちに外野からぎゃんぎゃん言われたら内側に閉じ籠《こ》もるだけだ。沙耶香だって辛《つら》い時に説教されたら煩《うるさ》いと思うだろう。それと一緒だ」

身に覚えがあるらしく、沙耶香は不承不承といった体《てい》で頷いてみせる。

「お前の腹立たしい気持ちも分かるが、今の段階では警察も手が出せない」

以前であればできないことでもやれと駄々をこねるような振る舞いを見せたものだが、最近は歳相応の我慢を覚えたのか沙耶香はそれ以上追及してこなかった。

ただし納得していない様子がありありと窺《うかが》えたのも確かだった。


被害者が不在では警察も手が出せない。しかし相手の動向を探ることはできる。意外にも監視役を申し出たのは明日香で、他に抱えた事件に忙殺される犬養を慮《おもんぱか》ってのことと思えた。折も折、〈ナチュラリー〉本部を犬養たちが訪れた直後だったので、さすがに織田も警戒して鳴りを潜めるものと考えていたのだが、事態は別の方向から動き出した。

「犬養さん。〈ナチュラリー〉が表舞台に出てきました」

息せき切って刑事部屋に飛び込んできた明日香は、そのまま犬養のデスクに駆け寄ってくる。

「泡食ってどうした」

「どうしたって、犬養さん。お昼のニュース見てないんですか」

事件の発生ならマスコミよりも先に警視庁の通信指令室から第一報が入る。何を今更と呆《あき》れていると、明日香は事件報道ではないと言う。

「芸能ニュースですよ、芸能ニュース」

「どうして俺が芸能人のゴシップを漁《あさ》らなきゃならない」

「そんなことを言ってるから沙耶香ちゃんとコミュニケーションが取れなくなるんです。もっと共通の話題を見つけないと……じゃなくて、神楽坂《かぐらざか》46ってアイドルグループは知ってますか」

「名前だけは聞いたことがある」

昨今の芸能界がアイドルグループに席巻《せっけん》されているのは沙耶香との世間話や巷《ちまた》に溢《あふ》れるPV映像で聞き知っていた。もちろんそういう流行があるという程度の認識であり、メンバーの顔にも名前にもとんと馴染《なじ》みはない。

「じゃあ絶対的エースの桜庭梨乃《さくらばりの》は」

「名前だけは聞いたことがある」

途端に明日香は鼻白む。

「桜庭梨乃二十六歳、チームの絶対的エースで、しかもリセエンヌのファッションリーダーで」

「アイドルのプロフィールに興味はない。要点だけ話せ」

「その桜庭梨乃は二カ月前から闘病を理由に休業しています。子宮頸《けい》がんを発病して、その治療に専念したいというのが本人の声明でした」

加齢のせいだろうか、専門的な知識や経験則が蓄積される毎にそれ以外の情報は自動的にシャットアウトする傾向にある。芸能ニュースに疎い犬養のために明日香が説明してくれた経緯《いきさつ》はこうだ。

アイドルグループ〈神楽坂46〉のリーダー的存在である桜庭梨乃が自らの病名を公表したのは、五月半ばゴールデンウイーク明けのことだった。それまで病気のことなどひと言も口にしなかった彼女が突然記者会見を開き、自分は子宮頸がんに冒されていると告白したのだ。

『子宮頸がんの生存率は年々上がってきています。だけど決して油断していい病気ではないとお医者さんから言われました。でも今はスケジュールが過密でこのまま芸能活動をしていては通院する時間さえ確保できません。だから治療に専念するため、しばらくお休みをいただくことにしました』

桜庭梨乃の無期限休養宣言は激震となって芸能界を揺さぶった。億単位を稼ぐアイドルグループの今後と芸能事務所の対応、休業を巡るファンとアンチの罵《のの》り合いがネットニュースのトップを飾る。一方、世間の騒ぎをよそに、彼女はとっとと都立の病院に入院し治療を開始した。

「いきなりのことだったので、ファンも世間も当惑したんですけど、いったん彼女が闘病生活に入ると完治を願う声が圧倒的になりました」

「当然だろうな」

往々にして著名人の言動には常に一定数の批判者が付きまとう。関係者でもないなら放っておけばいいものをあれこれ文句を付けたがるのは、己が気に食わないものは徹底的に排除したいという病的なまでの狭量さゆえだろう。

「桜庭梨乃は闘病記録を定期的にＳＮＳに上げていたんですけど、六月の初めに更新を止めてしまいました。もちろん危篤状態に陥ったり亡くなったりしたら事務所から発表があるはずなんですけど、更新が途絶えてからはファンや芸能マスコミが彼女の近況をずっと追いかけてたんです。ところがついさっき桜庭梨乃が事務所経由で緊急会見を行って」

「途中経過でも報告したのか」

「退院報告というか全快報告です。彼女によれば子宮頸がんが完治して、転移もないので仕事に復帰すると発表したんです」

子宮頸がんについては以前扱った事件で専門医から話を聞いているので、犬養にも多少の知識がある。子宮頸がんは子宮頸部の粘膜から発生するがんだが、次第に子宮の筋肉に浸潤し、更に膣《ちつ》や子宮周辺や骨盤内のリンパ節に転移する。発見が遅れた場合、転移は膀胱《ぼうこう》・直腸・肺・肝臓・骨にまで及ぶ。桜庭梨乃の会見通り、生存率が高くなったとは言え決して安穏としていられる病気ではない。

「発見が早かったから完治できたんだろう。よかったじゃないか」

「それが彼女、最初の病院はとっくに退院していて標準治療は早々に打ち切っていたんです」

「おい、まさか」

「そのまさかです。桜庭梨乃は都立病院での治療ではなかなか病状が快復しないことに業を煮やして代替医療に切り替えました。彼女が門を叩いたのが〈ナチュラリー〉です」

思わず腰が浮きかけた。

「あのインチキ医療で子宮頸がんが完治しただと。そんな馬鹿な」

「信じられないのはわたしも同じです。でも、桜庭梨乃は元気な姿で会見に臨んでいます。少なくともがん患者のやせ衰えた顔じゃありません」

明日香は自分のスマートフォンを操作して桜庭梨乃の会見場面を検索する。ほどなくして探し当てた画像を見ると、確かにアイドル然とした女性が大写しになっていた。病み上がりの弱々しさこそ残っているが、既に病魔の影は後退している。

犬養の脳裏に織田豊水の尊大な姿が浮かび上がる。初対面時には胡散《うさん》臭さが鼻についたが、もし織田の施す自由診療にがんを克服する治癒力があったとすれば、犬養たちが抱き続けた不信は全くの誤解だったことになる。

それにしても棒きれで全身を揉み解《ほぐ》すことでがん細胞を駆逐するなど、本当に可能なのだろうか。

不意に足元が崩れ落ちるような感覚に襲われる。今まで信じていた常識が音を立てて瓦解《がかい》していく。

「どうしましたか、犬養さん」

「いや……しかし全快したというのは本人の錯覚か何かの間違いじゃないのか」

「退院した都立病院で検査を受けたら、ちゃんと治っていたらしいんです。本人は〈ナチュラリー〉の自由診療のお蔭《かげ》なんだと絶賛しています」

「会見の動画はあるか」

明日香の検索は素早く、すぐに目当ての動画を見つける。

『皆さん、ありがとうございます。また、こんな風にライトを浴びるなんて思ってもみなかったので梨乃は感激しています。都立病院で子宮頸がんが発見された時、わたしはステージ1でした。放射線治療を続けても副作用でだるさや吐き気がするだけで、がん細胞は全然消えてくれない。このままステージ2に進めば子宮摘出も考えなきゃいけないって言われたんですね。こういうのはアイドルとして言っちゃいけないことかもしれないいんですけど、わたし、やっぱり将来的にはお母さんになりたかったんです。子宮摘出なんて死んでも嫌だったんです』

桜庭梨乃は正面を見据えて言う。子宮摘出を可能な限り避けたいというのは自然な感情なのだろうが、最近はそれすらも批判の対象にする者がいる。アイドルなら尚更《なおさら》だろう。彼女の決死の面持ちには批判を甘んじて受けるという覚悟が垣間《かいま》見える。

『悩んでいる時、ある病院関係者から、子宮摘出をしなくても子宮頸がんを完治できる治療法があると教えられました。説明を聞いたら、今までその方法で何人もの患者さんが完治したんだって。それで都立病院を退院して、〈ナチュラリー〉という医療団体で治療を受けました。〈ナチュラリー〉の治療は素晴らしかったです。お蔭で、またわたしはこの場所に戻ってこれました！』

彼女に向けて一層フラッシュが焚《た》かれる。

ワンピースの袖《そで》から出た二の腕に、ほんのわずかちらりと痣が覗《のぞ》いているのを犬養は見逃さなかった。

「この腕の部分、拡大できるか」

いったん画像を静止させて拡大する。思った通り、庄野祐樹と四ノ宮愛実の死体に残っていたものと同じ痣だった。

『梨乃は神楽坂46に復帰し、また歌やお芝居にチャレンジしていきたいと思います。ファンの皆さん、わたしの快復を祈ってくれていた皆さん、本当にどうもありがとうございました』

会場からは拍手が起こった。仕込みなのか、それとも期せずして起こったものかは判然としないが、会見の印象を劇的なものにするには効果的と思えた。

「この動画、もう何十万回とアクセス数を稼いでいるんです。神楽坂46のファンだけじゃなくて、それ以外の人間も関心を持っているみたいで」

「だろうな。子宮頸がんが自由診療で治るのなら女性は誰だって関心を持つだろう」

画像下にあるアクセス数の表示が見る間に増えていく。この分ではテレビの芸能ニュースにも大々的に取り上げられるに違いない。そうなれば〈ナチュラリー〉の名前は広く茶の間にも喧伝《けんでん》されることになる。

「〈ナチュラリー〉の自由診療について、専門家からのコメントはないのか」

「現時点ではありませんね。何しろ会見は三十分前でしたから」

「がん治療の専門医から否定的な意見が出るのを祈るばかりだな」

「多分それ、炎上しますよ」

「専門医の意見だぞ」

「医者がどれだけ標準治療の正当性を説いたところで、現に自由診療でがんを克服した人間が公の場所に立っているんです。しかもそれが今を時めくアイドルグループのエースなんですよ。彼女と〈ナチュラリー〉をディスった時点で袋叩《ふくろだた》き、炎上確定になります」

明日香の声は焦燥に駆られている。無理もない。自分たちの追いかけている犯罪者もどきが今日を境にがん患者の救世主どころか、一躍時の人となってしまうからだ。

今までも織田豊水の自由診療を信奉する患者は存在していた。しかしその数は限られており、知る人ぞ知る程度のものでしかなかった。だが桜庭梨乃の全快会見によって〈ナチュラリー〉の名前は全国に知れ渡った。しかもアクセス数何十万回を稼ぐアイドルが絶好の広告塔になってくれた。

背筋に悪寒が走る。

大衆は無責任で、ファンは過熱しやすい。彼らにとって桜庭梨乃のがん克服は美談だが、それは〈ナチュラリー〉の過大な評判に燃料を投下する名目になる。庄野祐樹と四ノ宮愛実をむざむざ見殺しにし、遺族の切実な願いを粉砕した織田豊水を容易に英雄にしてしまう。

あの胡散臭い教祖が英雄だと。自分で想像しておきながら犬養はひどく腹立たしくなった。

「見てください。早速〈ナチュラリー〉が反応しました」

差し出されたスマートフォンには〈ナチュラリー〉のホームページが表示されている。

『本日、当会員である桜庭梨乃さんの快気会見が行われました。ステージ2の子宮頸がんを患っていた桜庭さんでしたが、織田主宰の献身的な治療によって見事に健康を取り戻したのです。輝かしい成果。素晴らしい未来。日本のエンターテインメントは織田主宰と〈ナチュラリー〉によって一命を取り留めたといっても過言ではありません。もちろん栄光と希望は全ての会員様が享受すべきものです。既にがんは不治の病ではありません。わたしたち〈ナチュラリー〉には皆さんの希望があります』

織田の施術に頼れば「必ず」完治すると記載していないところが巧妙だった。桜庭梨乃という広告塔を得ても、詐欺としての言質を与えないように細心の注意を払っている。ますます油断のなさを感じさせる表現だ。

「これからどうなるんでしょうか」

不快だったのは明日香も同様らしく、言葉の端々に嫌悪と警戒心が聞き取れる。

「動画のアクセス数もそうだが、どうせ芸能マスコミが放っておかない。一方で懐疑的な意見も併記するだろうが、まずは桜庭梨乃の快復を祝福し〈ナチュラリー〉に取材を求める社が殺到するだろう。どちらにしても織田豊水と〈ナチュラリー〉にしてみればタダで膨大な量の広告を打てることになる。今頃は満面の笑みで桜庭梨乃の会見を眺めているだろうよ」

「あんなインチキ医療が大手を振ってまかり通るなんて」

「詐欺罪の要件が整っていなければ任意で引っ張るのも難しい。立件できなきゃインチキは市民権を得てインチキでなくなる」

苦汁を嘗《な》めるとはこういう思いを言うのだろうか。見るもの聞くものがことごとく目障りで苦々しい。

織田豊水と〈ナチュラリー〉は明らかに違法すれすれの医療行為を行っている。騙されている患者たちは庄野家と四ノ宮家以外にもいるに違いない。患者と家族たちは沈黙を守っているが、彼らの妄信と忍従を踏みつけにして、織田たちがのし上がろうとしている。だが警察は指を咥《くわ》えて傍観するよりない。

犬養は警察と己の無力さが腹立たしくてならなかった。

犬養の予想通り、その日のうちにがんの専門医たちから〈ナチュラリー〉の自由診療について否定的なコメントが出された。代表的なものは桜庭梨乃から医師不適格の烙印《らくいん》を押されたかたちの都立病院の主治医だろう。彼は開設している自らのブログで、自由診療の危うさを丁寧に説明した。

『最初に申し上げておきたいのは、桜庭梨乃さんのように自由診療を受けている患者さんは少なくないという事実です。厚労省がん研究助成金による研究班が行った調査によれば、がん患者三千百人のうち実に45パーセントにあたる千三百八十二人が一種類以上の代替治療を利用しているのです。それだけ利用者が多いというのは需要があるという事実の証拠です。こうした代替治療の中には科学的な検証が為《な》されたものも存在しますが、その多くは経験則の積み重ねであったり民間信仰に近いものであったりします。

さて、この代替治療についてはアメリカの研究者から興味深い報告がされています。研究対象となったのは乳がん・大腸がん・前立腺《せん》がん・肺がんの患者で代替治療を受けた二百八十人と病院で従来の標準治療を受けた五百六十人の五年生存率を比較してみると、代替治療を受けた患者さんは標準治療を受けた患者さんに比べて二・五倍もの死亡リスクを抱えていることが判明したのです。

特筆すべきは代替治療を受けた患者さんが俗説や因習に騙されるような人たちでも入院費が払えないほど経済的に困窮している人たちでもない事実です。そうです。代替治療を受けた患者さんは、ほとんどが高学歴かつ高収入の人たちだったのです。

何故こんな傾向になったのか、医師であるわたしの立場では推測するより仕方がないのですが、一つには「高度な治療ほど高額なはずだ」という意識が働いているのではないでしょうか。そう言えば高額な代替治療に切り替えているのは著名人やスポーツ選手が多いですよね。聞くところによれば桜庭梨乃さんが〈ナチュラリー〉の自由診療に費やした治療費は都立病院でかかる費用の二倍以上でした。しかし現在は先進医療を除いて高額医療も保険の対象となっており、高度＝高額負担という図式は成立していないのです。

はっきり言いますが、効果が検証されていないにも拘わらず高額の費用を請求する医療は眉《まゆ》唾《つば》だと考えます』

この主治医の主張は正当で説得力のあるものだったが、ネットでの反応もまた犬養の予想通りだった。


『既得権に胡坐《あぐら》をかいた医者の驕《おご》りに過ぎないだろう、そんなもん』

『大事な患者を取られたくなくて必死乙』

『どの治療法が相応《ふさわ》しいか選ぶのは患者の権利じゃねーかよ、ボケ』

『患者が求めている安心を標準治療では得られないから代替治療に向かっているんです。自業自得じゃないですか』

『どっちみち五年生存率が低くてリスクに晒《さら》されるのはリア充だけだから、俺たち下級国民には関係ないのよな』

『現実に桜庭梨乃という生還者がいるのを認めろよ、ヤブ医者』


もちろんこの主治医の主張を擁護する同業者もいた。

『桜庭梨乃さんが〈ナチュラリー〉の自由診療によって子宮頸がんを克服したという報道には検証が必要でしょう。自由診療の中身が不明確なままでは検証も難しいのですが、治療法を替えて即座にがん細胞が消滅するというのは、少々現実的ではありません。治療と効果にはタイムラグがあるのが普通です。つまり桜庭さんの子宮頸がんは都立病院での標準治療によって効果が出始めていたのではないか。その効果が表れる寸前、代替治療に切り替えたために桜庭さんが勘違いをしている可能性も充分に考えられるのです』

しかし、この援護射撃もまた桜庭梨乃のファンを名乗る投稿主たちによって粉砕された。

高い知識と深い経験則を持つ者の意見が、感情的で短絡的な素人の言説に粉砕される——それは病院の誇る標準治療が民間の代替治療に嘲笑《ちょうしょう》されるのと全く同じ構図だった。

2

翌日、犬養は明日香とともに桜庭梨乃が所属する事務所にインプレッサを走らせていた。

「桜庭梨乃に会うのはいいとしても、いったい何を訊《き》くつもりなんですか」

「織田豊水にどんな治療を施され、何を吹き込まれたかだ」

「それは庄野夫妻と四ノ宮恵吾から聴取済みですよ」

「二人は既に死んでしまったが、桜庭梨乃は生きている。それだけでも事情聴取する価値がある。今後、織田豊水と〈ナチュラリー〉を詐欺罪で立件する目処《めど》がついた時、彼女の証言が突破口になるかもしれない」

「会見での言動を見る限り、彼女は織田に心酔している様子がありありだったじゃないですか。こちらに有利な証言を引き出せますか」

「有利不利はどこかで一転する時がある。訊いてもいないうちから決めつけるな」

明日香にはそう言ったものの、桜庭梨乃の証言が捜査にどれだけ有用かは甚だ心許《こころもと》ない。熱烈な信者に教祖の悪口を望むようなものだからだ。

意外にも神楽坂46のメンバー全員が同じ芸能事務所に所属している訳ではないらしい。明日香が入手した情報によれば桜庭梨乃が所属しているのは〈ライジングサン〉という中堅の事務所だった。

会見以来、取材申し込みは殺到しているだろうが、さすがに警視庁からの要請では断れなかったのだろう。事務所側はマネージャーの同席を条件に面会を承諾した。

事務所の一室で待たされること十五分、ようやく桜庭梨乃がマネージャーらしき男とともに姿を現した。彼女は肘《ひじ》から先の出たワンピースを着ている。

「はじめまして。桜庭梨乃のマネージャーで柏木《かしわぎ》と申します」

初めて顔を合わせるというのに、柏木は警戒心を隠そうともしない。アイドルの心身を外敵から護《まも》る仕事では警察官に気を許せないのも当然かもしれない。

テーブルを挟んで桜庭側と犬養側が対峙《たいじ》する恰好《かっこう》になる。柏木は一向に警戒心を緩める気配がない。

「例の会見後、取材依頼は引きも切らないのですが、まさか警視庁から問い合わせがくるとは想像すらしませんでした」

「会見自体は大変素晴らしいものだと思いました。同じ病気で苦しんでいる女性たちの希望になったのではないでしょうか」

心にもないことを、とでも言いたげに明日香がこちらを睨《にら》んでくる。だが、何も初対面から喧嘩《けんか》を吹っ掛けることはない。

「こちらに伺ったのは、〈ナチュラリー〉での自由診療に関してです」

名前を出した途端、今度は桜庭が警戒心を露《あら》わにした。

「わたしの受けた治療について警察が何の用なんですか」

こちらを睨んだ目は、明らかに教祖を護ろうとする信者のそれだった。

「会見でも言いましたけど、わたしは〈ナチュラリー〉の自由診療のお蔭で子宮頸がんを克服できました。刑事さんの仰《おつしや》る通り、同じ病気で苦しんでいる女性たちの希望になったと自負しています。そのことに何か責められるような問題でもあるんですか」

信者の目をしている者に道理を説いても反駁《はんばく》されるのは目に見えている。桜庭を織田の洗脳から解くのは自分たちの仕事ではないと割り切るしかない。

犬養は隣に座る明日香に目で合図を送る。事前に打ち合わせていたので、明日香も戸惑わなかった。

「桜庭さんはずいぶん綺麗《きれい》な手をしているんですね」

いきなり同性の刑事から話し掛けられ、桜庭は一瞬警戒心を解いたようだった。

「え、はい。やっぱりステージとかで手足を露出することが多いので、ケアには人一倍気を遣ってます」

「でも入院中はボディケアも難しかったでしょう」

「まともに入浴できないから洗顔もスキンケアもできなかったんです。それだけじゃなくて放射線治療の副作用がひどくてひどくて」

「会見でも話してましたよね」

「放射線宿酔っていうらしいんですけど、一日中だるくて吐き気が全然治まらないんです。だから自由診療に切り替えてからは吐き気もなくなるし食欲も戻るしで嬉《うれ》しかったです」

「〈ナチュラリー〉のお蔭ですか」

「もちろんです。それに織田主宰のお言葉もすごくすごくタメになりました。病気は全て外からの悪気によってもたらされる。だから人間の身体に本来備わっている自然治癒力さえ高めれば、大抵の病気は薬なしで完治できるんです。薬というのは人体の持つ自然治癒力を模したものであって……」

延々と続く口上を聞いていると、犬養は居心地の悪さを覚える。桜庭が得々と披露しているのは一から十まで織田の口説の引き写しだ。まるで桜庭の口を借りて織田が喋《しゃべ》っているような気味悪さがある。

「もう少しじっくり見たいです。手を伸ばしてくれませんか」

ファンの要望に応《こた》え慣れているのか、桜庭は躊躇《ちゅうちょ》なく右腕を伸ばす。その手首を握るや否や、明日香は彼女の袖を一気に捲《まく》り上げた。

桜庭は叫ぶ間もなかった。露わになった二の腕には見覚えのある痣がくっきりと残っている。

柏木も初見だったらしく、目を丸くして彼女の腕を凝視していた。

「何するんですかっ」

桜庭が腕を引っ込めた時には、既に他の三人が痣の形状を目に焼き付けていた。紛れもなく庄野祐樹と四ノ宮愛実の身体に刻まれていた痣と同じものだった。

「実は桜庭さん以外で〈ナチュラリー〉の会員だった人物について捜査中なのです。彼らの全身には今、桜庭さんの腕にあったのと同じ痣が刻まれていました」

「だった？」

即座に反応したのは柏木だった。

「過去形ですね」

「その会員たちは死亡しています。一人は病死、一人は自殺という違いはありますが、二人とも〈ナチュラリー〉の自由診療を受けた挙句に亡くなりました」

「それがどうかしましたか」

桜庭は隠していた痣を見られたことですっかり自制心を失っていた。

「必ずしも〈ナチュラリー〉の自由診療が万能ではなく、むしろ治療効果が薄弱であることの証左ですよ。桜庭さんは完治したようですが、それは本当に自由診療の賜物なのでしょうか」

「当たり前です。都立病院で治療を受けていた頃には放射線の副作用が出るばかりで、少しも快復しなかったんです」

「あなたの会見後、がんの専門医の何人かがコメントを寄せています。放射線治療の効果には個人差があり、早々に効能が認められる患者もいればそうでない患者も存在する。あなたの子宮頸がんが消滅したのは放射線治療の効果が現れるのが遅かったに過ぎないのではないかという意見もあります」

「違います。わたしの子宮頸がんは織田主宰が取り除いてくれたんです。そうに決まっています」

「しかし、〈ナチュラリー〉の自由診療が子宮頸がんを消滅させたという検証はされていない。あなたの思い違いでないという保証はどこにもない」

「嘘です、嘘です、嘘です」

桜庭は立ち上がって抗議する。

「織田主宰は神様みたいな人です。そんな人の施す治療に、効果がないはずないじゃないですか」

「落ち着いてください、桜庭さん。何もわたしたちはあなたを責めに来たんじゃない。あなたは奇跡的に快復したが、それ以外の患者は病状が一向に好転しないにも拘わらず、まるで意味のない行為を続けていることになる。織田豊水があなたに施したのは各種薬草を染み込ませた根気棒で全身を強く揉む行為だけだったはずだ。たったそれだけのことでがん細胞が消滅すると、あなたは本気で考えているんですか」

一瞬、桜庭は黙り込む。その隙を突いて犬養は畳み掛ける。

「あなたは運がよかっただけです。しかし他の患者が皆そうはいかない。〈ナチュラリー〉で施術をされている間、桜庭さんは他の患者を見かけませんでしたか。誰か知っている人が患者の中にいませんでしたか」

「聞いてどうするんですか」

「警告します。誰も彼もあなたのように幸運とは限らない。〈ナチュラリー〉の自由診療を受ける一方で、ちゃんと病院での標準治療も受診するようにと」

不意に桜庭の表情が邪《よこしま》に歪《ゆが》んだ。

「顔を知っている人はいました」

「誰ですか」

「刑事さんは知らない方がいいですよ」

何やら含みを持たせたところで、桜庭は話を続ける気を失くしたらしい。

「柏木さん、もう話すことはありませんので刑事さんたちには帰ってもらってください」

「しかし梨乃ちゃん」

「早くっ」

「桜庭がこう申しております。今日のところはお引き取り願えませんでしょうか」

せっつかれた柏木は表情を強張《こわば》らせて、犬養たちに退室を促す。出ていけと言われれば従わざるを得ない。犬養と明日香は柏木の後について部屋を出た。

ところが部屋を出てしばらくすると、柏木は態度を豹変《ひょうへん》させた。

「ウチの桜庭が失礼なことを。大変申し訳ございませんでした」

室内とは打って変わった物腰に、犬養と明日香もつられて頭を下げる。

「まさか桜庭の身体にあんな痣が残っているとは……彼女は復帰会見直後、しばらくグラビア撮影は控えたいと事務所に申し入れをしていたのですが、あれは痣を晒したくないからだったんですね。亡くなった方たちは全身に痣があったということでしたが、桜庭もそうなんでしょうか」

「〈ナチュラリー〉の自由診療を受けたのなら、おそらくそうでしょう。しかし深い痣ではないので、放っておくか、一部だけならコンシーラーかタトゥー隠しで対処できますよ。ただし、しばらく水着になるのはやめておいた方がいい」

「わたしを含めて事務所一同、子宮頸がんを克服し仕事に復帰すると聞いた時は飛び上がるほど喜んだものですが、まさか彼女があんな風になっているとは。言い草がまるでカルト教団の信者じゃないですか」

「桜庭さんに近しい人にそう感じてもらえるなら、彼女は幸せですよ」

「彼女が全幅の信頼を置く〈ナチュラリー〉というのは、そんなに危険な団体なのですか」

「少なくとも桜庭さんが広告塔にされると、後々スキャンダルに巻き込まれないとも限りません。今すぐは無理でも、徐々にあの団体から距離を置くべきだと思います」

「ご親切にありがとうございます」

「何かあればご連絡ください」

犬養と明日香は柏木に名刺を渡して事務所を出る。桜庭が含みを持たせた言葉の意味を測りかねたが、その時点ではさほど重要に捉《とら》えていなかった。


だが今にして思えば桜庭の言葉は時限爆弾だった。彼女に面会を求めた翌日、事態は思わぬ方向から進展を見せたのだ。

桜庭梨乃の時と同様、それは緊急に開かれた記者会見だった。ただし今回の主役は政治家であって、アイドルのような華は全くない。

与党国民党最大派閥須郷《すごう》派。その中でも中堅議員たちの取りまとめ役として独自の存在感を放っている久我山照之《くがやまてるゆき》議員。当選十四回のベテランであり、豪放磊落《らいらく》な物言いが或《あ》る者には小気味よく或る者には失言気味の粗忽《そこつ》者に映る。

その久我山議員が緊急に会見を開くというので、集まったのは当然各社の政治部記者だった。内閣府副大臣を務めた久我山が新派閥の旗揚げでもするのか、それとも離党届でも提出するのかと記者たちは様々に勘繰った。

ところが会見の内容は誰も予想し得ないものだった。

『私、久我山照之は昨年来よりずっと闘病生活であったことを告白いたします。病名は食道がん。現在はステージ2と診断されております』

驚きの声とともに大量のフラッシュが焚かれる。

食道がんは初期の自覚症状がほとんどないため、発見されにくいがんの一つだ。喫煙やアルコール摂取が主な原因と考えられており、罹患《りかん》率死亡率ともに男性が女性をはるかに上回っている。

『食道がんのステージ2というのは外科手術をしなければならない段階です。しかしわたしの場合、手術をしても転移が発見されて完治に至りませんでした』

居並ぶ記者の多くは久我山の説明ではたと手を打った。今年初め、久我山は体調不良を理由に数カ月間公務を休んでいたが、今思えば病院で治療をしている最中だったのだ。

『放射線治療も併用していましたが、どうも具合がよくない。治療効果が高いと副作用も大きい。毎日身体中がだるく、吐き気が治まらない。委員会に出席しても答弁すら満足にできやしない』

記者の中には、答弁がまともにできないのは昔からだろうと突っ込みかけた者もいたが、久我山の表情がいつになく切実だったので引っ込めざるを得なかった。

『病院での治療はもう止めております。放射線治療の副作用があまりに辛くて、途中で断念したという体たらくです。しかし治療を止めてもがんは進行し続ける。声が掠《かす》れ、胸や背中の痛みに悩まされる。そこで民間治療に切り替えました。一介の政治家が民間治療に頼るなどとは恥になるのでこれは黙っておきたいと考えた次第であります。しかしつい最近、私は勇気あるお嬢さんの会見を拝見した。桜庭梨乃さんの芸能界復帰会見であります』

会見場で微《かす》かなざわめきが起こる。厳《いか》ついご面相の国会議員と二十代のアイドルの接点を測りかねたざわめきだった。

『娘のような年頃のお嬢さんが堂々と胸を張って民間治療、代替治療に挑戦し見事に病魔を駆逐した。民間治療に頼ったことを微塵《みじん》も恥じたりはしなかった。桜庭さんを見ていると、自分の狭量さ矮小《わいしょう》さに身が縮む思いであります。そこで遅ればせながら私もこうして民間治療に頼っている事実、私も彼女と同じく織田豊水氏が主宰する〈ナチュラリー〉の会員であることをお知らせします』

再び嵐のようにフラッシュが焚かれる。二人の接点が明らかになったものの、その意外性に驚いている雰囲気が伝わってくる。

『織田豊水氏は極めて優秀な医療従事者であるとともに、稀《まれ》に見る人格者でもあります。今後、私や桜庭梨乃さんの治療に関して外野から様々な雑音が入ることが予想されるが、私はそうした雑音を全て誹謗《ひぼう》中傷と捉えます。医療の発展を願う議員として、また自らの健康回復を祈る一人の国民として、無責任な中傷や医療行為への妨害はこれを一切許すつもりはありません。

本日のところはそう宣言して会見を終わりたいと思います。以上』

刑事部屋で久我山の会見を見ていた明日香は、憮然《ぶぜん》とした表情で犬養を見た。

「桜庭梨乃が言っていた『顔を知っている人』というのは久我山議員のことだったんですね」

「まさか政治家がお仲間だったとはな」

実際、桜庭の顔見知りということで同じ芸能人の誰かだろうと当たりをつけていた犬養は、久我山の会見で呆気《あっけ》に取られた一人だった。織田が主宰する〈ナチュラリー〉には政界とのパイプも存在するということだ。

「久我山議員が会員だとすると、これからの捜査に影響が及ぶんでしょうか」

「分からん」

明日香にはそう告げたが、久我山は国民党の中でも隠然たる権力を握っている。犬養たちが織田の周辺を嗅《か》ぎ回っているのを知れば、早晩何らかの手を打ってくるのは必至だろう。

手は打たれる前に打て。早速、久我山への事情聴取を画策し始めた時、犬養の許に仏頂面の麻生が近づいてきた。

「二人とも、ちょっと来てくれ」

眉間《みけん》に皺《しわ》を寄せたまま小声で呟《つぶや》く。まるで体育館の裏に来いとでもいうような口調に嫌な予感しかしない。

「織田豊水および〈ナチュラリー〉を表立って捜査するのは、しばらく中断しろ」

犬養が驚いたのは指示の内容ではなく、あくまでも迅速さだった。今、久我山の記者会見があったばかりだというのに、間髪を容《い》れずに圧力を掛けてきたのだ。無論、会見する以前から警察庁なり警視庁なりに根回しをしていたのは容易に想像がつく。

「議員からの圧力ですか」

「知らん」

本当に知らないらしく、麻生はそう答えた自分が苦々しいという顔つきだった。

「知らんが当て推量はできる。五人いる国家公安委員の一人は久我山照之の刎頸《ふんけい》の友だ。大方その筋から警察庁へお触れが回ったんだろう」

中間管理職ながら麻生という男も相当に上司を嫌っている。いや、上司の風見鶏《かざみどり》気質を嫌悪しているといった方が正確か。

「当て推量どころかビンゴじゃないですか」

「政治家で〈ナチュラリー〉の会員が久我山一人だというんならビンゴだろうさ」

「まさか」

「ああ。久我山以外にも政治家の何人かが根気棒の世話になっている。中身が真っ黒の腹の表面が痣だらけっていうのは何かの暗喩《あんゆ》かもしれんな」

「複数の議員が会員という情報の出処はどこですか」

「管理官から、としか言えん。多分あの様子じゃ管理官自身にも具体的な名前は知らされていないだろう。国会議員が病院の標準治療を中断して自由診療に切り替えるんだ。世間からそこそこ批判を受けるのは目に見えている。日本医師会を支持基盤に持つ国民党もいい顔をしない。だが会員になっている議員が複数なら、そして全員が有権者より織田豊水の方に向いているのなら話は別だ」

「聞けば聞くほど胸糞《むなくそ》の悪くなる話ですね」

「悪くなるついでに、もっと嫌な話をしてやろう。〈ナチュラリー〉の会員になっているお偉いさんは何も国会議員だけじゃない。権力じゃなくてカネを握っている連中の中にも織田シンパが存在しているらしい」

「……財界ですか」

「久我山じゃないが、日々身体と財布に悪いものをお食べあそばしている。喫煙率も高いようだから医者の世話になっている御仁も多そうだ。病院の標準治療じゃ心許ないという者が〈ナチュラリー〉に走っていても不思議じゃない。彼らの家族が会員という可能性もあるしな」

「いつから警察は企業家の犬になったんですかね。国家権力の犬というだけならまだしも」

「相手は経団連にも名を連ねる大企業だぞ。日本医師会よりも強大な支持基盤だから国家公安委員会も懸命に尻尾《しっぽ》を振る」

カネと権力。その二つの後ろ盾があるのなら、改めて織田豊水の傲慢《ごうまん》ぶりに合点がいく。あれは全能感に満ちた顔だったに違いない。

「まるでラスプーチンみたい」

ふと明日香が呟いた。

「容貌魁偉《ようぼうかいい》。血友病患者だったロシア皇太子を治療した功績で皇帝夫妻の信頼を勝ち取り、やがて宮中で権勢を揮《ふる》った十九世紀の怪僧です。あの顔を見た時から誰かに似ていると思ったんですけど、ラスプーチンでした」

明日香はスマートフォンを操作して一枚の画像を検索した。犬養と麻生の眼前に差し出されたのはグリゴリー・ラスプーチンの写真だ。異様に長い顔とこちらを恫喝《どうかつ》するような凶悪な目つき。なるほど織田豊水に似ていると言われれば同意したくなる。

「元々ラスプーチンはロシア正教会の指導者で修道士もしていたそうです。病気治療を始めてからは司教や上流階級の注目を集めるようになり、それが宮中に入り込むきっかけになりました。治療の内容は今でははっきり分かりませんが、祈禱《きとう》に近いものだったという話が伝わっています」

ラスプーチンの話なら多少は犬養も知っている。宮中での権力を得たラスプーチンはやがてロシアの政治にも影響力を持つようになる。バルカン諸国分裂を促し、内政に干渉し、ロシア帝国崩壊の一因とすら言われている。

織田豊水がラスプーチンなら、政財界に太いパイプを持つあの男がいずれは表の世界で権勢を揮い始めるとでもいうのか。

冗談にしてもタチが悪いと思いながら、犬養はくすりとも笑えなかった。

3

辞書を紐《ひも》解くとアイドルというのは〈崇拝する対象〉という意味らしい。意訳すれば〈教祖〉であり、桜庭梨乃などはさしずめ数十万人の信者を持つ現代の教祖と言える。

その教祖が〈ナチュラリー〉の自由診療は病院の施す標準治療よりも有効だと宣託し、これに政権与党のベテラン議員がお墨付きを与えたのだから信者たちの関心は弥《いや》が上にも高まった。

桜庭梨乃の闘病記録にどんなコメントが返ってきたのかは明日香が定点観測をしてくれたので、犬養はネットを覗くことなく信者たちの反応を知ることができた。

その反応をひと言で表すならば〈復活への歓喜〉だ。一度斃《たお》れた教祖なり英雄が奇跡的に再び甦《よみがえ》る――イエス・キリストに代表される復活譚《たん》は訴求力抜群であり、信者を増やすのにこれほど効果的な物語もない。彼女のSNSと快気会見の動画はその後もアクセス数を伸ばし、〈ナチュラリー〉と〈織田豊水〉のワードは早速トレンド入りした。

〈ナチュラリー〉と織田豊水の自由診療はテレビでも取り沙汰《ざた》され、毎日のように現役の医師や厚労省OBが駆り出された。甲論乙駁する中、もちろん医師や厚労省関係者は自由診療に否定的なコメントを出したが、それ以外の者たちはタレント側であるせいか桜庭梨乃の擁護に回った。理屈はどうあれ完治した患者がいる以上、信じるしかないという訳だ。

医学・医療の専門家の説明よりもアイドルの言葉を信じるという現象は、犬養の目には少し異様に映る。これも昨今台頭してきた反知性主義なのかと訝《いぶか》ったが、よく考えてみれば付和雷同する人間が慎重であった例《ためし》はない。おそらく多くの者は桜庭梨乃の完治をネタに既存の権威を貶《おとし》めたいだけなのだろう。

これだけ世間とマスコミの耳目を集めているにも拘わらず〈ナチュラリー〉と織田豊水がメディアの前に姿を現すことは滅多《めった》になかった。テレビ局からの出演依頼が引きも切らないだろうに露出を抑えている意図は判然としないが、露出しないがために一層一般市民の興味をそそる結果となった。もしそれすらも織り込み済みだとすれば、織田豊水は優れた戦略家ということになる。明日香が歴史上の怪物ラスプーチンに擬《なぞら》えたのも案外的を射ているのかもしれない。

いずれにしても〈ナチュラリー〉と織田豊水の存在感は日増しに高まり、同時に自由診療の広告が幅を利かせるようになってきた。機を見るに敏な業者や医療従事者がここを先途とメディアに宣伝費を投入し始めたからだ。インチキ広告を禁じた医療法などまるで無視した振る舞いだったが、今のところ取り締まる側の動きは伝わっていない。

犬養が病室に沙耶香を訪れたのは、ちょうどそんな時だった。

「来たぞ」

声と同時にドアを開けると、ベッドで上半身を起こしていた沙耶香が慌てて持っていたものを背中に隠した。それで隠し果《おお》せたつもりならまだまだ子どもだが、隠したものを確かめたいと思う自分も大層なことは言えない。

「何を隠した」

「別に何も」

珍しく焦っているので余計気になった。

「父親に見せられないようなものなら別にいい」

それで終わらせるつもりだったが、犬養の言い方が気に食わなかったのか、沙耶香は眉の辺りで反抗心を主張しながら言う。

「そういう言い方、父親と刑事の立場を使い分けているみたいで本っ当に嫌」

「妙なことを言うな。どんな父親だって仕事と家庭で見せる顔は使い分けているぞ」

「要するに二つの立場をそれぞれ言い訳に使っているだけじゃない」

最近はすっかり影を潜めていた物言いがまた始まった。懐かしい不快感と怯《おび》えを覚えながら、犬養は片手を差し出した。

「父親に見せられないのなら、刑事にだったらいいだろう。見せろ」

これ以上口論しても分が悪いと思ったのか、沙耶香は渋々隠していた手を前に持ってきた。握られていたのはスマートフォンだが、表示されていたのはあろうことか〈ナチュラリー〉のホームページだった。

犬養が表示部分を眺めていると、次第に沙耶香の顔から反抗心が薄れ、ばつが悪そうな面持ちに変わる。

「もう、いいでしょ」

拗《す》ねたように言い、犬養からスマートフォンを奪い返す。

「どうして今更、そんなサイトを見ている」

「何見たってわたしの勝手じゃん」

「〈ナチュラリー〉は分かり易いインチキやトンデモな治療じゃなかったのか」

「言ったけど。言ったけど、それがどうしたっていうのよ。見方を変えたらダメなの。違う意見になったら罰でも受けるの」

子どもじみた言い方になるのは気まずさを隠そうとしているからだ。そう思うと、途端に不快感と怯えは後退した。

「誰にでも心境の変化はある。そんなことを言い出したらバツ2の俺はどうなる」

自嘲気味に口にしてみたが、その甲斐《かい》あって少しだけ沙耶香の表情が緩んだ。

「何、その自爆発言。浮気性を娘に自慢するなんて最低」

「ああ、父親としては最低だ。その代わり刑事としてはなかなかのもんだぞ」

ようやく話のとば口を摑《つか》んだ犬養は、恐る恐る沙耶香の懐に入ろうとする。

「見方を変えたと言ったな。自由診療に興味が湧いたのか」

「梨乃ちゃんの快気会見を見たら、病気でいる子はみんな興味を示すと思う」

「何だ、お前も桜庭梨乃のファンだったのか」

「別にファンじゃないけどさ。アイドルタレントの、しかも梨乃ちゃんの発信力って半端じゃないから。だって梨乃ちゃん、SNSで特定の商品名やメーカー名言うの事務所から禁じられてるんだよ」

「どうして」

「梨乃ちゃんが口走るとステマだと思われるから」

聞き慣れない言葉が出てきた。放っておくと話の流れが分からなくなるので質問した。

「ステマっていうのはステルスマーケティング。つまり本当は企業からおカネもらっている癖に口コミみたいにして宣伝するやり方。これってあざといから、下手するとやった本人がイメージダウンするリスクがあるの」

「ふん。それだけステマを禁じられているアイドルタレントが褒め称《たた》えるのだから〈ナチュラリー〉は信用するに足るというのか」

「わたしはまだ一〇〇パーセント信用している訳じゃないよ。祐樹くんのこともあったしさ。でも……」

「でも、何だ」

「一方で完治したって実例が出たら無視もできないじゃん」

犬養は返事に窮する。見聞きした自由診療に懐疑的な反論を開陳しても、既に〈ナチュラリー〉に興味を示している相手には却《かえ》って逆効果になりかねない。

「それにさ、〈ナチュラリー〉にはお母さんも興味があるんだって」

いきなり横っ面を叩《はた》かれたような気分だった。

沙耶香の母親である成美《なるみ》とはもう何年も顔を合わせていない。今の今まで存在すら忘れかけていた――いや、忘れようとしていた。

犬養にしてみれば寝耳に水の話だが、娘の治療法に母親が無関心なはずもなく、〈ナチュラリー〉がここまで話題になれば成美が興味を示すのはむしろ当然といえる。

「お母さんは何と言ってるんだ」

「治る可能性が少しでもあるのなら試してみる価値はあるって。でも治療費に関わる話だから、お父さんに相談しなきゃって」

離婚調停で決まった条件ではないが、沙耶香の入院治療費は全て犬養が負担することになっている。成美の感覚では養育費代わりなのだろうが、犬養の方では娘とのかけがえのない縁だった。底意地の悪い見方をすれば入院治療費を出している犬養に決定権を丸投げし、自由診療を受けて失敗した時の責任逃れを用意しているとも思える。

いや、と犬養は即座に否定した。

別れたとはいえ、成美はそこまで打算的な女ではない。そもそも離婚の原因は犬養の不倫だったではないか。成美の言葉は、入院治療費を捻出《ねんしゅつ》している元夫への配慮と受け取るべきだろう。

だが成美の配慮と捉えると犬養はますます進退窮まる。

まず父親として、完治する可能性があるのならどんな治療法でも試させたいという気持ちは成美と共通している。いや、自分の娘に健康体になってほしいという願いはどんな親も世界共通だろう。だが、もし自由診療が原因で病状を悪化させてしまえば、おそらく犬養は自分が許せなくなる。そもそも庄野祐樹と四ノ宮愛実の二人が完治しないまま死んでいった事実を知っているので、おいそれと〈ナチュラリー〉に沙耶香を託すことはできない。

次に警察官としての立場では更に当惑させられる。二つの事件を追う過程で織田豊水は胡散臭い人物だと犬養は考えている。現状では立件できる法的根拠が足りないが、条件さえ揃えばいつでも織田豊水に手錠を嵌《は》めてやろうと思っている。そんな相手に沙耶香を預けるのは、悪魔の祭壇に生贄《いけにえ》を捧《ささ》げるような行為ではないか。加えて〈ナチュラリー〉と織田豊水は未《いま》だ捜査対象だ。沙耶香を預けた時点で、犬養は冷静な判断ができなくなるだろう。

いずれの立場でも犬養は沙耶香を〈ナチュラリー〉に委《ゆだ》ねることに大きな抵抗がある。これも責任逃れなのかと自問しながら沙耶香に確認してみる。

「お前自身はどうなんだ。〈ナチュラリー〉の自由診療を受けたいと思っているのか」

問われた沙耶香も返事に窮したように口籠《くちごも》る。

「わたしには治療費なんて払えないし……」

「カネのことなんて訊いていない。受けたいかどうかだけ答えればいい」

「分かんない」

ひどく心細げな響きだった。

「ついこの間まではインチキ医療なんて、みんななくなればいいと思ってた。でも梨乃ちゃんが子宮頸がんを克服したって聞いたら落ち着いていられなくなって……自分でもいい加減だと思っている」

「命に関わることだ。他人の成功例を聞けば心が揺らいでも不思議じゃない」

「本当に、まだ分かんない」

沙耶香もまた惑っている。自分で決心がつかず、その臆病《おくびょう》さに苛立《いらだ》っている様子だった。

胡散臭いと思っていたインチキ医療なのに、一人の成功例が出ただけで途端に慌て出す。傍《はた》から見れば滑稽《こっけい》なことこの上ないだろうが、病と闘っている本人とその家族には生き死にの問題だ。

笑いたければ笑うがいい。

犬養はまだ覚悟を決められない。しかし沙耶香に告げられる言葉はこれしかない。

「じゃあ考えろ。幸い、今日明日中に返事をしろという話じゃない。お前が自由診療を受けたいと言うのなら俺はサポートするだけだ」

「お父さん、立場が悪くなったりしないの。まだ〈ナチュラリー〉を捜査中なんでしょ」

「お前が言った通り、父親と刑事の立場を使い分ければいい」

沙耶香は疑わしげにこちらを凝視した。

「どうかしたのか」

「お父さん、そんなに要領よくないじゃない」

返事をしようとしたその時、犬養のスマートフォンが着信を告げた。相手は明日香だった。

「はい、犬養」

『本部に犬養さん目当ての来客です。来てください』

「誰が来たんだ」

『桜庭梨乃のマネージャー、柏木さんです』

どうして彼がとの疑問はあるが、わざわざ向こうから出向いてきたのなら会わない訳にはいかない。早々に沙耶香とのやり取りを切り上げ、犬養は捜査本部へ向かう。


待合室では明日香が柏木の対応をしていた。初対面時の警戒心はどこへやら、今や柏木は迷子のような顔をしてしかも憔悴《しょうすい》していた。

「先日は桜庭が失礼いたしました」

「いえ。それより今日はどんなご用件で」

「犬養さんに失礼なことを申し上げたのにこんな申し出をするのは甚だ心苦しいのですが、恥を忍んで伺った次第です」

後頭部が見えそうなほど低頭した柏木を前にしていると、可能な限り尽力してやりたくなる。桜庭梨乃がグループアイドルの絶対的エースとして君臨していられるのは、柏木の人徳によるところが大なのではないかと思えてくる。

「いったいどうしたんですか」

「実は例の快気会見以来、桜庭を巡る動きが怪しくなりまして、警察の警護が必要な状況になってきたんです」

「詳しく」

「会見直後、桜庭のＳＮＳはアクセス数が急増し、系列グループの中でも独走状態です」

「結構なことじゃないですか」

「アクセス数が急増すれば、アンチの書き込みも比例して多くなります。これはもう人気商売の宿命みたいなもので、逆に言えばアンチのつかないタレントは所詮泡沫《しょせんほうまつ》に終わります。わたしたちにとっては痛し痒《かゆ》しの存在ですね」

柏木の話は理解できる。あるものを好きという人間がいれば、同じ理由で嫌う人間もいる。世の中で人気を博しているものは、同じ個性を嫌う者よりも好く者が圧倒的に多いというだけの話だ。美醜や発言が表に出やすいタレントは、その傾向もより顕著に違いない。

「そのアンチの中に、少なからず物騒な手合いが目立ってきたんです。自分は織田豊水に高額な治療費を騙し取られたのに、お前はインチキ医療の広告塔になるのかとか、〈ナチュラリー〉からいくら宣伝費をもらっているんだとか、挙句の果てには織田豊水氏といかがわしい関係にあるのだろうと誹謗中傷の嵐です」

「ありがちな話ですね」

「ええ、嫌になるくらい。しかし誹謗中傷ならまだいいんです。人の噂も七十五日と言いますが、昨今の噂は七十五日どころか二週間と続きませんからね。問題は脅迫です」

脅迫と聞いて明日香が腰を浮かしかけた。

「やはり〈ナチュラリー〉と織田豊水に騙されたという患者もしくはその家族が、桜庭に対して襲撃予告を送ってきたのです」

「文書ですか、電話ですか」

「SNSのコメント欄に書き込んでいました。スクショ（スクリーンショット）を撮っておきました」

柏木は自分の携帯端末をこちらに差し出した。

『梨乃ちゃん。全快おめでとう。健康になってから片付けてやろうと思っていたわたしの願いが天に通じましたね。折角治った子宮を摘出してあげるので、膣を洗って待っていてください』

『あなたは治って幸せでしょうけど、あなたの完治は数百人の失敗の上に成り立っています。人の怨《うら》みで死ぬがいいです』

『前々からお前、ペテンくさかったんだよ。ベッドの上でうなっていた方が楽だったと思い知らせてやるよ』

『なにをイキっているのかな？　世界中の幸せを独り占めした気分なのかな？　ウザいな。自宅ごと焼いてやるよ。住所は特定してあるからね？　ジョーダンじゃないからね？』

スクロールしても一向にコメントが途切れることがない。どれもこれも煽情《せんじょう》的な脅し文句が並んでいる。

「ざっと数えましたが、昨日の時点で二百五十四通の同様のコメントが届いています。おそらく今も増え続けているでしょう」

「すぐ被害届を出してください」

犬養が口を開く前に明日香が身を乗り出して言った。

「充分に脅迫罪が成立します。コメントの主も特定できると思います」

「ありがとうございます。足を運んだ甲斐があります。これで桜庭が少しでも落ち着きを取り戻せばいいのですが」

言い方が妙に引っ掛かった。

「柏木さん。桜庭さんの身に何か起きたのですか」

「アイドルという仕事は見かけよりもずっとハードな仕事でしてね。人気商売と言われればそれまでですが、グループ内のライバルとの駆け引きやスポンサーさんへの根回し、厄介なファンへの客あしらいなど泥臭い日常業務が続きます。桜庭は絶対的エースなどと持ち上げられていますが、だからこそ内外からのプレッシャーも強かった。ここ数カ月はこれに闘病が重なっていた訳です」

酸いも甘いも嚙み分けた中年でも耐えられるかどうかのプレッシャーだが、何といっても桜庭梨乃はまだ二十代の女性だ。その心労は想像するに余りある。

「今までもやっかみやアンチからの誹謗中傷はありましたが、殺人予告というのは初めてです。桜庭はこまめな性格でコメントのほとんどに目を通すのですが、この脅迫文のいくつかを読んだ直後に体調を崩しました」

柏木の声が不穏を孕《はら》む。前回のやり取りで分かったが、柏木は桜庭梨乃に親代わりのようなつもりで接している。マネージャーとしては当然なのかもしれないが、親近感が湧いた。

「脅迫コメントを送った人間全員を送検するかどうかはともかく、既に被害届を提出したと公表するのも一手でしょうね。それだけで効果は絶大です」
「そうでしょうか」
不安げな柏木に、明日香が説明を添える。
「過激なコメントはより感情的ということです。そういう人間は脊髄《せきずい》反射でキーを叩いている
のがほとんどですから、警察の名前が出た瞬間に尻尾を巻いて逃げていきます」
「だといいのですが。昨今はアイドルの握手会に刃物を持ち込むような危ないヤツもいるので
決して安心できません。警告としての効果もあるでしょうが、実際に検挙されて実名を出され、
法律的にも社会的にも制裁が下されない限り、ああいう連中は後を絶ちません」
柏木の言説が多分に先鋭的なのは過去に類似の事件があったからだろう。何かがあってから
では遅すぎる。アイドルという事務所の財産を護るために防護壁を鉄壁にするのはむしろ当然
と言える。
「ただ、わたしの心配はそれだけじゃないんです」
柏木は再び保護者の顔になって訴える。
「前回、桜庭がまるでカルト教団の信者のようだと申しましたが、その傾向がますます顕著に
なってきたのです」
「具体的にお話しください」
「お祝いの名目で織田豊水氏から〈ナチュラリー〉の本部に招かれています。それだけならま
だしも、先方は桜庭を〈ナチュラリー〉の名誉会員にしたいと申し入れてきたんです」
「新興宗教によくある話ですね。それで桜庭さんは応諾したんですか」

「本人は大乗り気だったのですが、わたしが説得して回答を保留させています。子宮頸がん完治が自由診療のお蔭だったとコメントするだけならまだしも、特定の団体の広告塔になるのは極力避けたいのです」

「それは柏木さんないし事務所が〈ナチュラリー〉をカルト教団めいた団体だと認識しているからですか」

「わたしは、あれはヤバい団体だと捉えていますが、事務所の方は最初からリスクを避けようとしているのだと思います。政府系の公的機関ならいざ知らず、民間の医療団体は何かのタイミングで世間から袋叩きされることがままあります。それにウチのタレントが巻き込まれたら堪《たま》りませんからね」

「巻き込まれ事故みたいなものだったら、大して影響はないように思いますがね」

外部からは脅迫、内部では桜庭梨乃の乱心、内憂外患とはまさにこのことだ。

「タレントというのはイメージが第一なんです。ファンが抱いているイメージから半歩ずれるのはいいんです。芸域を拡げることに繋がりますから。でも従来のイメージを根底から引っ繰り返すのは駄目です。ファンを裏切ることになり、裏切られたファンは可愛さ余って憎さ百倍になりますからね。一例を挙げると、蓮《はす》っ葉《ぱ》でいかにもヤンキーじみたタレントがクスリの所持で捕まってもさほどイメージは崩れないので、刑を終えて出所した際には復帰しやすい。しかし清純派で売っていたタレントがクスリなんかで捕まれば、目も当てられません。復帰は相当に困難です」

「ファンの勝手な思い込みだと思うのですがね」

「そういうパッケージで売り出したのは事務所側ですからね。以前ニュースでも度々取り上げられた食品偽装と根は似ていると思います。消費者というのは自分の思い込みを裏切られるのを一番嫌うんですよ」

桜庭梨乃に自分なりのイメージを抱いているファンは数十万人単位で存在する。裏切られたと逆恨みする層が仮に一割としても数万人単位。ところが彼女の防波堤になるのはマネージャーの柏木ただ一人だ。そう考えれば柏木が切羽詰まって警視庁を訪れたのも無理のない話だった。

「SNSを通じた脅迫については被害届受理後に捜査を開始します」

柏木の困惑ぶりに共感したのか、明日香の言葉には熱がある。だが犬養の頭は冷えていた。

明日香が次の言葉を発する前に割って入る。

「しかし桜庭梨乃さんを警察力で保護することはできません。桜庭さんの住まいやマンションの警備については警備会社に依頼していただくより他にありません」

「まあそれは、そうでしょうね」

落胆したように見えたのは警護も警察に頼めると期待していたからだろうか。

「今度はこちらからの質問にお答えください。桜庭梨乃さんと〈ナチュラリー〉もしくは織田豊水との接点は何だったのですか」

「接点、というのは特にありません」

「ないというのは解せません。桜庭梨乃さんが〈ナチュラリー〉のサイトを覗いたとか、あるいは織田豊水が何らかのかたちで接触してきたはずです。何の情報もなしに彼女が〈ナチュラリー〉の自由診療を受けるというのは納得しがたい」

「それなら一度桜庭から聞いたことがあります。彼女のＳＮＳに〈ナチュラリー〉を紹介するコメントがあったらしいんです。とても熱心に勧められたので何げなく〈ナチュラリー〉のサイトを閲覧し、興味が湧いたので入会してみた……そういう流れだったようです」

被害届を提出してもらってから柏木を見送る。すると早速明日香が責めるような視線を投げて寄越《よこ》した。

「被害届を受理しただけで桜庭梨乃の身辺警護はできないというのは犬養さんの言う通りですけど、もっと他に言い方というものがあったんじゃないですか」

「あれ以外の言い方は考えつかなかった。桜庭梨乃の自宅と事務所近辺、それから移動先も警備会社が彼女を護ってくれる」

「そんな、人任せな」

「仮に今度の会見がどうにも気に食わないヤツらが桜庭梨乃には一切手出しできないと知ったら、簡単に諦めると思うか。あのマネージャーが例に挙げていたような危ないヤツならどこを狙うと思う」

「まさか。桜庭梨乃のアンチに〈ナチュラリー〉を襲わせるつもりなんですか」

口にした明日香よりも、当の犬養が驚いた。あくまでも〈ナチュラリー〉と織田豊水に外部から揺さぶりをかけようという程度のアイデアであり、他人を煽動して彼らに危害を加える気など毛頭ない。

しかし常軌を逸したアンチならば自爆テロじみた凶行に走る可能性も皆無ではない。いつになく迂闊《うかつ》な判断をした己に不信感が募る。

「世間やマスコミの注目を集めている時だ。織田豊水もそれなりに警戒はしているはずだから滅多なことは起きない」

「アンチたちが迷惑行為くらいに止《とど》めてくれれば、織田豊水の方からも警察に被害届が提出されるかもしれませんね」

らしくもない皮肉は、明日香なりの抗議に違いなかった。

4

『関係各位様
日頃より弊社所属タレント桜庭梨乃へのご厚情誠に有難うございます。先日の会見で発表されたように桜庭を蝕《むしば》んでいた病魔も医療関係者の皆様のご尽力のお蔭で霧消し、現在は無事にリハビリに励んでいる毎日です。桜庭梨乃の開設したSNSにも祝意と応援のメッセージを多くいただいております。
しかし中には心無い悪罵《あくば》や誹謗中傷のコメントも散見されました。更には桜庭梨乃に対する明確な脅迫とも取れるものもありました。
弊社としては所属タレント保護の観点から、犯罪性のある投稿を看過することはできません。従って精神的または肉体的に危害を及ぼしかねない事例につきましては警察に被害届を提出し、断固として対処する所存です。ご理解いただきますようよろしくお願い申し上げます。』

柏木が警視庁を訪れた翌日、桜庭梨乃の所属事務所〈ライジングサン〉は公式サイトにおいて彼女のＳＮＳへ脅迫文が届いた事実と、それへの対応を発表した。

警察に被害届を提出する旨の文言は霊験あらたかで、その日を境に脅迫じみた投稿はすっかり影を潜めたらしい。現金といえば現金だが、お調子者や野次馬の類《たぐい》を一掃する効果もあったようなので、思いのほか有効な発表だったと言えるだろう。

一方、犬養と明日香は麻生から呼び出しを食らった。事務所が公式に告知した直後だったから、何の件かはおおよそ察しがつく。

「アンチの矛先を全部織田豊水に向けさせるつもりか」

開口一番麻生が放った言葉は奇《く》しくも明日香のそれと酷似していた。

「〈ライジングサン〉が契約先の警備会社に特別対応を依頼した。本人の自宅マンションと事務所をほぼ二十四時間態勢で警備してくれとの内容らしい。これで妙なヤツらの矛先は〈ナチュラリー〉に向かう。都合よく〈ナチュラリー〉なり織田豊水なりに累が及べば、警察も堂々と本部の敷地内に足を踏み入れることができる」

麻生は意味ありげな視線をこちらに投げる。

「表立って捜査するのはしばらく中断しろと言った。それで馬鹿たちを煽動する方法を思いついたか。ずいぶんと老獪《ろうかい》になったもんだな」

「まさか。そこまで考えていませんよ」

「ふん。どうだか」

「それにしても、どうして〈ライジングサン〉と警備会社のやり取りがこちらに漏洩《ろうえい》するんですか」

「件《くだん》の警備会社の役員には警視庁ＯＢが顔を揃えている。情報はダダ洩《も》れだ」

「政財界は静観ですか」

「捜査介入以降の動きはない。芸能事務所の告知も常識に則《のっと》ったものだからケチのつけようがない。これで〈ナチュラリー〉が襲撃の対象になったとしても、何か事件が起きない限り警察は介入できないしな」

「あちらはあちらで警備会社に依頼すればいいと思うんですけどね」

「民間とはいえ一応は医療団体だ。建物の周りを警備員で固めているような診療所なぞ外聞が悪い。どうせ、その辺りまで見越した上でマネージャーにアドバイスしたんだろ」

「そこまで頭が回りませんよ。それで当の〈ナチュラリー〉には危機感があるんですか」

「向こうからの情報はさっぱりだ。桜庭梨乃を通じて何かあるかと思いきや、現時点では音なしの構えだ。ただ危機感を覚えている暇はなさそうだ」

麻生は腹立たしそうに言う。

「どうせお前たちも知っているんだろう。桜庭梨乃の快気会見からこっち、〈ナチュラリー〉への入会希望者が殺到している。会にしてみれば書き入れ時だから、余計に警備なんて物々しい真似はしたくない」

入会希望者が殺到している件は、犬養も明日香から聞いて知っていた。〈ナチュラリー〉のホームページには閲覧者とともに会員数も表示されている。その数が快気会見の直後から瞬く間に増え始めたのだ。明日香の報告によると、それまで二桁《けた》だった会員数が既に三桁になっていると言う。

「しかし、会員が急増したからといって簡単に対応できるのか。施術を行っているのは織田豊水一人なんだろう」

「織田は施術すらしていませんよ。自身の手を汚して実行犯にされるのを回避していますからね。根気棒を家族に握らせ、自分は指示をするだけでいい。それなら会員が三桁になったところで、しばらくは運営に支障も出ないでしょう」

犬養の頭に三十畳もある〈ナチュラリー〉の道場が思い浮かぶ。百人なら一畳に三人が横たわる計算だ。道場いっぱいに横たわる会員たちの姿を想像すると、妙な笑いすら込み上げてくる。

「つくづく胸糞の悪くなる話だな」

麻生は吐き捨てるように言う。

「胡散臭い宗教団体と分かっているのに、事情を知らない被害者たちが群がっていく。あれと一緒だ。こっちは手をこまねいて見ているしかない」

捜査を中断しろというのは上からの指示であって、麻生の本意ではない。長らく下にいるから直属上司の人となりくらいは把握している。警察というタテ社会の中で従順に振る舞っているように見えるが、犯罪者を憎む気持ちは犬養よりも強い。そういう男が、無辜《むこ》の者たちがみすみす餌食《えじき》にされるのを傍観しなければならない口惜しさは容易に想像がつく。

「他人の不幸につけ込むようなヤツらは、宗教団体だろうが医療団体だろうが碌《ろく》なもんじゃない。弱者の血肉と財産を貪《むさぼ》るただのハイエナだ」

織田豊水がそうしたハイエナの一匹と分かっていながら、現状の法体制では手も足も出ない。今回の場合、血肉と財産を貪られた会員が被害を被害と認識していないので余計にタチが悪い。

「お前が桜庭梨乃の周辺だけをガードさせたのは慧眼《けいがん》だよ。大きな声じゃ言えないが、これで馬鹿の一人が〈ナチュラリー〉でひと悶着《もんちやく》起こしてくれればと願うばかりだ」

いつの間にか犬養が大層な策士のように扱われているが、織田豊水率いる〈ナチュラリー〉を相手にするなら、それくらい悪賢く立ち回れという示唆なのかもしれない。

さて策士なら次は何を企《たくら》むだろうかと考えを巡らせていると、自身のスマートフォンが着信を告げた。表示を見れば発信者は何と池上署の志度だ。

「はい、犬養です」

『志度です。犬養さん、庄野聡子が自殺を図りました』

すぐには状況が呑《の》み込めなかった。

『ついさっき、夫の喜一郎から通報がありました。彼女は浴室でリストカットしていたんです』

不思議議なことに祐樹の顔が浮かんだ。

「亡くなったのですか」

『今、自宅に向かっている最中です。先に救急車が到着しそうですが、犬養さんには一報を入れた方がいいと思いまして』

「感謝します。わたしも向かいますから」

早々に電話を切り、通話の内容を報告する。麻生の眉間の皺が一層深くなり、腹立ちまぎれに自分の机に拳《こぶし》を振り下ろした。

「庄野宅へ行ってきます」

「わたしも」

犬養が駆け出すのとほぼ同時に明日香が後ろについてきた。


庄野宅の前には救急車と警察車両が停まっていた。犬養たちの乗ったインプレッサが敷地横に到着すると、まるでタイミングを見計らったかのように家の中から救急隊員が吐き出されてくる。彼らが押しているストレッチャーの上には固定された聡子の姿があった。訓練された迅速さで彼女を車内に運び込むと、赤色灯を回しながら走り去っていく。一台のパトカーが護衛するような形で後について行く。

玄関先では庄野喜一郎と志度が救急車を見送っていた。喜一郎は犬養たちの姿を認めると、申し訳なさそうに頭を下げる。

「また、ご迷惑をおかけしてしまって」

「奥さんは大丈夫なんですか」

これには志度が説明役を買って出た。

「運よく発見が早かったので大事には至りませんでした。意識が戻っていないこともあって緊急搬送となりましたが、出血量もさほどではありません。ご主人には事情聴取のための時間をいただいています」

本来であれば喜一郎も救急車に同乗しているはずだ。

「どうやらお話ししたいことがあるみたいですね」

喜一郎は肯定するように頷き、三人を家の中へと誘《いざな》う。中では池上署の警察官数人が動き回っていた。

居間に落ち着いた犬養が早速事情を問い質《ただ》すと、喜一郎はぽつりぽつりと話し始める。

「勤めを終えて帰ってみると、聡子の姿が見えないんです。買い物に出掛けたのかと思いましたが、玄関にはちゃんと靴がある。変だと思って探してみると、浴室でリストカットした腕を浴槽に張った湯に突っ込んでいました。本人は気を失っていて、わたしは慌てて傷口を止血して救急車を呼んだんです」

「リストカットに使われたのは台所にあった包丁です。浴槽の脇に転がっていました」

自殺の道具としてはあまりに身近な代物だ。計画的な行動とは考え難《にく》い。

「自殺を思いつくにしても衝動的な感がありますね。庄野さん、何か心当たりがありますか」

「おそらく、これだと思います」

喜一郎はテーブルの上に置いてあった封書を取ってくる。犬養は素早く手袋をして封書を受け取った。

何の変哲もない白地の封筒に庄野宅の住所と宛名の『庄野聡子様』が記されている。文字は明らかに印刷されたものだ。

消印は牛込《うしごめ》局、差出人は不明。中に入っていたのは無地の便箋《びんせん》が一枚。内容は以下の通りだった。

『庄野聡子様
桜庭梨乃の会見をご覧になりましたか？

彼女は織田豊水の治療によって子宮頸がんを克服しました。彼女にはこれからも光り輝く未来が待っています。

もう祐樹くんに未来はないのに。

同じ治療を受けながら桜庭梨乃は奇跡の生還を果たし、庄野祐樹はみじめに死んでいった。

この違いは何だと思いますか。

お金ですよ。

桜庭梨乃はトップアイドルです。治療に必要とあらば事務所がいくらでもお金を用意してくれます。

でも貴女《あなた》はどうでしたか。

子どもの命はお金では換算できないほどかけがえのないもののはずなのに、けちったりはしませんでしたか。

織田豊水は商売で治療をしています。治療費の多寡で患者に対する熱心さに差が出るのも当然です。

祐樹くんは病気に負けたのではありません。

貧乏に負けたのです。

恨むなら織田豊水でなく、貴女の貧乏を恨みなさい。』

文字は宛名と同様、全て印刷だった。

犬養は読み終えるなり吐き気を催した。

人間の悪意に対する嫌悪感がもたらす嘔吐《おうと》感だった。

た。

「……ひどいな」

続いて文面を読み終えた志度が呟く。明日香に至っては声を発することもできない様子だった。

「わたしも読んで、はらわたが煮え繰り返りました。祐樹のことは悔やんでも悔やみきれない。それでもあれは寿命だったと自分に言い聞かせて無理にでも納得しようとしていました。聡子も同じです。警察から織田先生の経歴詐称や〈ナチュラリー〉の非合法性を教えられても我慢したのは、少なくとも織田先生が祐樹の治療に全力を尽くしてくれたという思いがあったからです。それを、こんなかたちで否定されたら母親は身を切られるより辛いでしょう。わたしでも絶望する」

喜一郎は声を押し殺していたが、それでも無念さが痛いほど伝わってくる。

文面を再見するのも憚《はばか》られる。これは庄野夫婦の怨嗟《えんさ》を炙《あぶ》り出す文章だ。二人が懸命に蓋《ふた》をしてきた後悔と罪悪感を再燃させる呪文《じゅもん》だ。

病死した子どもをダシに使われているせいか、犬養も平常心を保つのに結構な自制心を要した。ようやく冷静さを取り戻し、不審な点を洗い出していく。

「庄野さん。落ち着いてわたしの質問に答えてください。まず、祐樹くんを〈ナチュラリー〉の自由診療に委ねた事実をわたしたち以外の誰かに話しましたか」

「いえ……特にそういうことはなかったです」

「奥さんもですか」

「聡子については断言ができませんが、アレも特に訊かれない限り、自分から自由診療について話すことはないと思います」

聡子に関しては本人の意識が戻り次第、確認すればいい。確認するべき点は他にもある。

「この手紙には牛込局の消印が捺《お》してあります。庄野さんは新宿区内《しんじゆく》に親戚《しんせき》や知人がいらっしゃいますか」

「いや……いないですね」

「これは匿名の手紙で、おまけに全ての文字が印刷されています。いったん警察で預かります」

見たところ封筒も便箋も至極ありふれたマスプロ品だからエンドユーザーを辿《たど》るのは困難だろう。筆跡で個人を特定されるのを嫌う人間なら指紋の付着にも腐心しているに相違ない。それでも鑑識に回してみる価値はありそうだ。

「どうぞ。用が済んだら処分していただいて構いません。そんなもの、もう目にしたくありません」

喜一郎は穢《けが》れたものを押しやるように、手を前に突き出す。

「桜庭梨乃さんの会見を見た時、正直言って胸がざわつきました。彼女が全快したのは、それは祝福されるべき慶事でしょう。しかし桜庭さんが晴れやかになればなるほど、心の奥に嫌な感情が湧いてくる。自分でも邪だと分かっていても抑えきれない気持ちです。はっきり誰が憎いとかじゃなく、持っていきようのない気持ちなんです。祐樹が死んで、聡子はわたし以上に落ち込んでいました。桜庭さんの会見を見て、よかったと彼女を祝福していましたが、心の中ではわたし以上に鬱積《うっせき》があったと思います。そこにこんな手紙です。聡子は自責の念から、あんな行動を取ったのだと思います」

瘡蓋《かさぶた》を剝《は》がすどころの話ではない。傷口を力任せに広げるような行為だと思った。手紙を寄越した者は名前の隠し方は素人のレベルだが、他人を挑発する手管は堂に入っている。もし自分が聡子の立場だったとしても、平然としているのは困難だろう。

もっとも犬養なら自傷行為は選ばない。むしろ自分よりも〈ナチュラリー〉に一太刀浴びせてやろうと思うのではないか。

そこまで考えた時、不意に思いついた。

「聡子さんが意識を取り戻したら、後のことはお願いします」

志度にそう言い残して、犬養は明日香とともにそそくさとその場を立ち去る。インプレッサで次に向かったのは上池台の四ノ宮宅だった。

玄関で顔を合わせた時、四ノ宮恵吾はどこか悟ったような顔をしていた。

「突然すみません、四ノ宮さん」

「もう慣れましたよ、犬養さんの突然には」

「伺ったのは、ある確認のためです。最近、織田豊水に関わる妙な手紙がきませんでしたか」

問われた刹那《せつな》、四ノ宮は痛みを堪《こら》えるように笑ってみせた。無言で家の中に入り、戻ってきた時は封書を手にしていた。

「今日、届いたばかりです。本当に間のいい人だ」

「中身を拝見します」

「そのために来たんでしょう」

玄関に立ったまま犬養は封筒を検《あらた》める。白地の封筒に印字された住所と宛名。庄野宅に届けられたものと瓜《うり》二つだった。

便箋の仕様も同じで、おまけに文面までそっくりだ。四ノ宮愛実が自殺したのは病気のせいではなく、亭主の甲斐性がなかったせいだと責め立てている。

「わたしのところに直行してきたのは、既に似たような手紙が他のお宅に届けられたからですね」

「手紙を受け取った人物は自傷行為に及びました」

「自傷行為。きっと自責の念がそのまま自身に向かってしまうタイプの人なんでしょうね」

「あなたはどうなんですか」

「犬養さんたちが来てくれなかったら、どうなっていたか分かりません。金物屋へ得物を買いに出掛けていたかもしれません」

四ノ宮は力なく言い、上がり框《がまち》にすとんと腰を落とした。

「礼を言います。あなたたちのお蔭で我に返ることができた」

「手紙の差出人に心当たりはありませんか」

「ありません。女房が自由診療を受けているのはご近所でも知っている人がいるでしょうけど、織田先生の名前は出していませんから」

「しかし今、金物屋へ得物を買いに出掛けると仰いましたよね」

「つい、かっとなりました。襲撃先をはっきりと決めた訳でもありませんから。しかし、きっと〈ナチュラリー〉の本部に突入していたでしょう。あそこ以外に思いつきません」

話を聞いてぞっとした。もし激情の赴くまま四ノ宮が〈ナチュラリー〉に突入したら、それこそ麻生が待ち望んだ結果となる。犬養にとっては最悪の展開だ。

「犬養さんにお話しした以上、織田先生に何かあればわたしが真っ先に疑われる。その意味でも、あなたたちが来てくれたことには感謝しなければいけないな」

「くれぐれも変な気は起こさないでください」

「わたしが変な気を起こせば、娘は一人きりになってしまう。それくらいの判断はできます。大丈夫ですよ」

「織田豊水と〈ナチュラリー〉を訴える気になりましたか」

四ノ宮はゆるゆると首を横に振る。

「矛盾する話ですが、それでも彼に対する感謝の念も消えないのですよ。桜庭梨乃の会見はわたしも見ました。彼女を祝福してやりたい気持ちと女房に対する罪悪感みたいなものが、こう、縄のように絡み合っていて引き離すことができない。桜庭梨乃の笑顔を見る度に胸の辺りが苦しくなる」

四ノ宮を見下ろしているとやるせなさが募る。本人は否定しているが、四ノ宮もまた自分を責めるタイプに違いない。いや、家族を亡くしたことで多少なりとも自責の念を抱くのは誰でも一緒だろう。

犬養はやりきれない気持ちのまま四ノ宮宅を後にする。四ノ宮恵吾の凶行を未然に防げたことが唯一の気休めになった。

だが、その気休めも長くは続かなかった。

二日後、織田豊水が死体となって発見されたからだ。

五　殉教

1

交番の巡査から北沢《きたざわ》署に通報がなされたのは七月二十一日午前八時過ぎのことだった。

『世田谷区経堂〈ナチュラリー〉内の一室で主宰の織田豊水が死亡している』

巡回中だった機動捜査隊と北沢署強行犯係が現場に急行し事件性を確認、直ちに警視庁捜査一課麻生班の臨場となった次第だ。

現場に向かう途中、犬養は動揺を禁じ得なかった。標準治療への懐疑と自由診療の興隆、そして反知性主義。ここ数カ月の間に目まぐるしいほどの同調と反発が起きたが、その中心にはいつも織田豊水がいた。その織田豊水がまさか死んでしまうとは予想だにしなかった。

「これで落ち着けばいいんですけどね」

助手席の明日香がぽつりと洩《も》らす。言わんとすることはすぐに理解できた。

「〈ナチュラリー〉は織田を教祖とする新興宗教みたいなものです。その教祖を失ったら〈ナチュラリー〉は自然消滅するんじゃないでしょうか」

「確かに織田に子どもはいないようだし、後継者の話も聞いたことがない。施術するのは患者の肉親でも、織田の指導があっての物種だ。影響は免れんだろうが、しかし自然消滅するというのも楽観的だ」

しばらく考え込んでいた明日香は軽く頷《うなず》いてみせる。

「そうですね。これで全てが丸く収まるはずがないですもんね」

いつになく慎重な物言いに犬養は少し驚いた。

「盛り上がりが大きくなり過ぎると、当事者なんて関係なくなってきますから。いや、ひょっとしたら織田が死んだことで騒ぎがますます大きくなるかもしれませんね」

「そうそう悪いことばかりでもない」

「どうしてですか」

「こうして〈ナチュラリー〉本部に捜査として踏み込める」

〈ナチュラリー〉本部前には数台の警察車両が群れを成していた。立入禁止のテープを潜って本部の中に入っていくと、玄関近くに毬谷貢の姿を発見した。所轄の女性捜査員に付き添われているが顔色は真っ青だ。彼女はすぐに犬養たちを認めた。

「犬養さん、でしたね」

「何があったんですか」

「強盗、かもしれません」

絞り出すような掠《かす》れ声だった。

「昨夜《ゆうべ》、わたしは寝ているところを誰かに襲われて……手足を縛られた上で目隠しと猿轡《さるぐつわ》をされました」

「怪我は」

「わたしは縛られて布団の上に転がされていただけで済みましたが、道場で主宰が殺されて」

貢は織田が殺されたと明言する。明言の根拠を問い質《ただ》そうとしたが、女性捜査員から制止された。

「まだ混乱していてまともに答えられる状態ではありません」

それなら直接、織田の様子を確認するしかない。犬養と明日香は廊下を行き来する捜査員の間をすり抜けて道場へと向かう。廊下の途中から歩行帯が現れたので、既に鑑識作業は始まっていると思われる。

やがて道場が見えてきた。六本ある襖《ふすま》のうち二本が開いている。そこに顔馴染《なじ》みの御厨《みくりや》検視官が立っていた。

「来たな」

まるで犬養を待っていたかのような口ぶりだった。

「たった今、終わった」

「見せてください」

犬養は明日香とともに道場の中に入る。

裸にひん剝《む》かれた織田の身体が横たわっていた。説明を受けずとも死因が分かる。頭頂部から大量の血が流れ、畳の上には血溜《だ》まりができていた。右肩にも深い打撲痕《こん》があり、鎖骨にかけて妙な具合に歪《ゆが》んでいる。死斑《しはん》は腹に集中しており、長らく伏臥《ふくが》姿勢であったのが分かる。凶器もまた明らかで、死体の傍らに血塗《まみ》れの根気棒が置かれている。

「背後から頭上を四回、右肩を一回殴打されている。死因は頭蓋《ずがい》骨陥没による脳挫傷《ざしょう》。右肩は脱臼《だっきゅう》に止《とど》まっている。死後硬直と腸内温度から死亡推定時間は昨夜の十一時から深夜一時にかけてだろう」

犬養は床の間の刀掛けに視線を移す。十本並んでいた根気棒のうち、一番上のものが外されている。

「身近にこんなものがあったのが災いした。材質はアオダモだ。一番知られているのはバットの原材料だな」

つまり野球のバットと同様の凶器で殴打されたことになる。四度も殴られれば頭蓋骨が陥没するのも当然だろう。織田は驚愕《きょうがく》した表情のまま固まっていた。

思えば根気棒こそ織田の自由診療の象徴だった。この棒で何人もの患者に痣《あざ》を作らせ、ほとんどの者を失意と痛みに苦しませ続けてきた。張本人の織田が根気棒で殴り殺されたのは皮肉としか言いようがない。

「背後から急襲されて反撃する間も与えられなかったに違いない。殴打され、右肩の一撃で前に倒れたんだろう」

「織田は二メートルを超える偉丈夫です。背後から頭頂部に振り下ろすのは少し無理がありますよね」

「被害者は座っていたところを襲われた。座っていたから背後からの急襲に咄嗟《とっさ》に反応できなかったのだが、それ以外にも注意力が殺《そ》がれていた理由がある」

言われる前から気づいていた。死体の左の二の腕に注射痕が数カ所ある。作務衣《さむえ》を着ていれば隠れる部分だったから見逃していた。痕《あと》が赤黒く残っているのは慣れない素人の作業だからだ。

「織田はクスリの常用者だったんですか」

「生憎《あいにく》、簡易鑑定のキットは持ち合わせていないからクスリの種類は分からない。しかし真っ当な医療機関で真っ当な医療従事者に打ってもらっていないのなら、クスリの素性は推して知るべしだ。クスリが回っている状態だったら背後から襲撃されても機敏な動きもできまい」

カルト教団の中には信者をクスリ漬けにして従属させる手合いもいると聞くが、教祖自らが薬物中毒になっている例はめずらしいのではないか。

「この遺体は司法解剖に回すから、早晩クスリの素性も判明する。心神喪失の状態で殴殺されたのなら、痛みはあまり感じなかったかもしれん」

犬養は改めて道場の中を見渡す。三十畳の広い空間に高い天井。廊下側の反対も襖になっており、クルマの走る音がする。

犬養が襖を開けてみると、思った通り渡り廊下を挟んで庭が広がっている。向こう側には塀が張り巡らされているが高さは二メートルほどであり、外部からの侵入を防ぐというより目隠しのために設けられているという印象だ。

試しに畳の一枚を外してみると、何ら変哲のない床板が現れた。通常の日本家屋ならば床下は土台と根太《ねだ》に支えられ、その下は基礎になっているはずだ。

道場の襖は当然のことながら鍵《かぎ》が掛からない。そのうえ、中にいる人間が意識混濁の状態では、襲ってくれと言っているようなものだ。

外部からの侵入は容易。従って犯人を内部の者と限定できない。

「事務局長のところへ戻るぞ」

明日香を伴って、今来た廊下を戻る。貢はまだ女性捜査員の介抱を受けていた。

「訊《き》いてみます」

犬養が申し入れて拒まれても、女性同士なら多少は融通を利かせてくれるかもしれない。いささか虫のいい思いつきだったが、功を奏して数分間ならと許可を得た。

「襲われたのは昨夜の十一時を回ってからだと思います。寝入りばなでうとうとしている時、いきなり襖が開いて誰かが部屋に入ってきたんです」

「念のためにお訊きしますが、閉館する際に玄関は施錠しているんですよね」

「もちろんです。閉館時間の午後九時には鍵を掛けて、朝八時に開錠するのがわたしの日課になっています」

「襲ってきたのは男性でしたか女性でしたか。背の高さと体格も教えてください」

「ぼうっとしているところに、すぐ後ろに回られて目隠しをされたので、犯人のことは何も分かりません」

「声は。静かにしろとか何とか脅されませんでしたか」

「声はひと言も発しなかったと思います。わたしは猿轡をされるまで結構騒いだんですけど」

「それ以外に危害は加えられなかったんですね」

「はい」

「布団の上に転がされた後、何か物音は聞きませんでしたか」

「ここは玄関の真横で、主宰の執務室からも道場からも離れているので」

仮に近くにあったところで、織田自身が人事不省に陥っていたら叫び声一つ上げられないまま殺されていただろう。

「そのうち朝になったのか、八時に治療を予定していた会員さまが来られて、わたしは必死になって声を出そうと焦りました。幸い縛られたわたしと主宰を見つけてくれたんです。主宰が血塗れで倒れていると知らされて、急いで道場に行ってみるとあの有様で……情けない話ですが、主宰のお身体を見た途端にふうっと気が遠くなったんです。警察には会員さまが連絡してくれたみたいです」

「他に本部で寝泊まりしている人はいるんですか」

「いいえ。主宰とわたしだけです。他の職員は全員通いですから」

この広い屋敷の中で男女一組が寝食をともにしている。その事実だけで大抵の人間は男女の仲を疑うものだが、貢はまるで気にしていないようだった。

一晩中目隠しをされて拘束されていたのなら、これ以上質問しても得るものはない。犬養は北沢署の越山《こしやま》という担当者を摑《つか》まえる。

「遺体の第一発見者と話をさせてくれませんか」

第一発見者は縫目《ぬいめ》加寿子《かずこ》という主婦で、予定を入れていた日時に道場を訪れたという。

「ちょうど八時に伺ってインターフォンを鳴らしたんですけど何の応答もなくって。でも玄関は開くんですよ」

夜の九時には施錠されたはずの鍵が開いているのは、犯人が玄関から逃走したためと思われた。

「変だなと思っていると玄関脇の部屋から呻《うめ》き声が聞こえるんです。それで襖を開けると事務局長が目隠しと猿轡をされて縛られていました。いったん縄を解《ほど》いてから一人で主宰さまを探しにいって、それで道場の襖を開いたら」

加寿子はその時の光景を思い出したのか、急に声を詰まらせた。

「主宰さまが、主宰さまが」

何とか言葉を続けようとするが、口がわなないて上手《うま》く喋《しゃべ》れないようだ。

「そ、それですぐにケータイで警察を呼びました」

犬養は越山に向き直る。

「玄関の錠は破られているんですか」

「いえ。鑑識が鍵穴を点検しましたが、破壊されたり合鍵を使用したりした痕跡はありません。侵入する際は塀を乗り越え、犯行を終えてから玄関から逃走したものと考えられます」

「本部の玄関付近に防犯カメラが設置されていたように記憶していますが」

「ええ、玄関付近に一台、裏口に一台あります。鑑識が早速回収に向かいましたよ」

越山の口調はどこか投げやりだった。

「しかし駄目でした。二台とも使い物になりません。事前に仕込んでいたんでしょう。カメラのレンズ部分がスプレー塗料で潰《つぶ》されています」

そこまで用意周到な犯人ならカメラの死角から接近したに違いない。画像を解析したところで、噴射直前のスプレー缶が映っているのが関の山だろう。こうなれば犯人が屋敷の中に指紋や体液を残してくれているのを祈るしかない。

「単純に強盗という可能性は考えられませんか」

「毬谷事務局長にも確認したのですが、金品でなくなっているものはないそうです。物色した気配もなく、決して物盗《と》りではありませんね」

「その毬谷事務局長ですが、狂言という可能性はありませんかね。何といっても織田と同居していたのは彼女だけです」

「毬谷事務局長の縛《いまし》めを解いたのは第一発見者ですが、解放するのにひどく手間取っています。実際、全部が解けた訳ではなく、ところどころに二重の止め結びが残っていました。自分では決して結べない縛り方ですよ」

既に北沢署の捜査員たちが散らばって近隣への訊き込みを始めているとのことだった。午後十一時から深夜一時にかけての時間帯でどれだけの情報が集まるのか心許《こころもと》ないが、ここは北沢署捜査員の機動力に頼るしかない。

そして言うまでもなく、他人に頼る以前に自分も動くべきだった。

「庄野宅と四ノ宮宅に向かう」

ひと言で理解したらしく、明日香は理由を尋ねないまま助手席に身体を滑り込ませる。

差出人不明の文書を受け取った庄野聡子と四ノ宮恵吾はそれまで胸の裡《うち》に秘めていた織田への憎悪を覗《のぞ》かせた。織田への信頼感が揺らいだ今、彼に殺意を抱いたとしても何の不思議もない。

「桜庭梨乃の快気会見以来、織田に不信感を覚えた会員は少なくないでしょうね」

明日香の問い掛けは、まさに犬養の考えに呼応したものだった。

「元々がインチキ医療だ。施術の甲斐《かい》なく死んでいった患者は庄野祐樹や四ノ宮愛実だけじゃないはずだ。家族が死んだのに桜庭梨乃は快復している。織田を恨む遺族は当然存在する」

「そういう遺族は全員容疑者なんですね」

「北沢署の見立て通り、犯人が塀を乗り越えて侵入したと仮定するなら可能な限り身軽にしていたと推測できる。しかも凶器に、道場にあった根気棒を使用している。まさか初めて押し入った場所にあんなうってつけの凶器が置いてあるなんて想像もつかない。犯人は明らかに一度ならず道場に足を踏み入れた人間だ」

庄野夫妻と四ノ宮恵吾には動機が発生している。これでアリバイがなければ最有力の容疑者になる。

常であれば昂揚《こうよう》感を覚える局面だが、今回に限っては怖気《おじけ》に似た感情が優先する。捜査に私情は禁物だが、庄野夫妻も四ノ宮恵吾も無関係でいてくれと祈る自分がいる。

「ますますラスプーチンですね」

犬養の思いを断ち切るかのように明日香が呟《つぶや》いた。

「どういう意味だ」

「司教や上流階級の知遇を得て宮中に入り込んだラスプーチンは政治に介入し始め、時の皇后と親密な関係を持ったことも手伝って教会や政界に敵を作りました。要は嫉妬《しっと》ですよね。結局、ラスプーチンは彼に反感を持つ貴族の一派によって暗殺されます。泥酔させられた上に何発も銃弾を撃ち込まれたそうです」

明日香の喩《たと》えは満更でもない。泥酔させられた上で殺害された状況が織田の場合と似通っている。

「怪僧は闇に葬られた。めでたしめでたし、か」

「ラスプーチンの政治介入をきっかけに帝政ロシアが崩壊することになるんだから、めでたいかどうかは立場によるでしょうね」

慎重な物言いが引っ掛かった。

「何か気に食わないみたいだな」

「織田が死んで〈ナチュラリー〉や自由診療の問題が一気に解決すればいいんですけど、今の日本って帝政ロシアよりもややこしいじゃないですか」

「織田が死んだとしても問題は山積か」

「オウム真理教の事件があって、結局教祖は裁判の上で死刑になりました。でも、教団の残党は教祖が死んだことで尚更《なおさら》神格化していると聞きました」

教義に殉じた者は殉教者として崇《あが》め奉られる。いつの世も同じだ。

「織田豊水も同様に神格化されるというのか」

「そんなの想像するのも嫌なんですけどね」

明日香の不安が伝染した訳ではないが、犬養も心安らかではいられない。桜庭梨乃の快気会見と久我山議員の発言によって織田豊水は一躍時の人となった。少なくとも警察の捜査を妨害できる程度の権威は手中に収めていたようだ。その織田本人がいなくなれば、当然政界にも何らかの動きが出てくる。政界絡み芸能界絡みのデマやフェイクニュースが飛び交い、またそれに踊らされる者が出てくるかもしれない。

騒ぎを収める方法は一つ、早期に犯人を検挙して事件を解決することだ。この種の事件は解決が遅れれば遅れるほど不確定要素が重なり、収拾がつかなくなってしまう。

庄野宅には夫妻が揃っていた。リストカットで救急搬送された聡子も昨日の午後五時頃に退院したのだと言う。

もう大丈夫なのかと犬養が訊くと、喜一郎は妻を慮《おもんぱか》りながら元から傷は浅かったと添えた。

「ひと晩、病院で預かってもらったら、すっかり落ち着きました。もう落ち着いて話もできます」

喜一郎の横に座っていた聡子も力なく頷く。気力が弱っているためか、それとも喜一郎に気兼ねしているためかは判然としない。

「退院してから外出はされましたか」

「食材の買い置きはまだありましたし、なるべく一人にしておきたくなかったので、家でじっとしていましたよ」

「それを証言してくれる人はいますか」

退院には喜一郎が付き添ったというから二人のアリバイは似たようなものだ。聡子の退院が午後五時、〈ナチュラリー〉本部への襲撃が午後十一時から深夜一時にかけて。庄野宅からの移動時間を考慮しても二人とも犯行は可能だ。

「何か事件が起きたんですね」

喜一郎は逆に質問してきた。北沢署が現場に駆けつけてからまだ三時間も経っていない。車中で明日香が確認したが、織田殺害の件はまだネットニュースでも報じられていない。

「わたしたちのアリバイを確認しているのは織田先生に何かあったということですか」

もし喜一郎が犯人だとしたら、まずまずのとぼけっぷりだった。どうせ昼になれば第一報が流れるだろうから、隠しておいても意味はない。

「〈ナチュラリー〉本部で織田豊水氏の遺体が発見されました」

途端に喜一郎と聡子の顔色が一変した。

「嘘」

聡子は腰を浮かして犬養に詰め寄る。

「いったいどうして。何か不慮の事故ですか。それとも誰かに殺されたんですか」

自らはリストカットを図ったというのに、聡子の頭には織田が自殺した可能性は皆無らしい。

「事故と事件の両面で捜査していますが、何者かに殺害された可能性が濃厚です」

庄野夫妻は沈痛な顔を見合わせる。一度は息子の快復を願って委《ゆだ》ねた恩人でもある。桜庭梨乃の快気会見で裏切られたとはいえ、恩人が殺されたとなれば様々な思いが去来して当然だった。

「犬養さんはわたしたち夫婦が織田先生を殺したと考えているんですか」

激する風もなく、喜一郎は哀しげに訊いてくる。

「普段なら怒りたいところですが、残念ながらそれほど頭にこない。むしろ怪しまれて当然という気すらしてくる」

「あなたたちだけを疑っているのではありません。織田の施術を受けた人とその家族全てが事情聴取の対象者です」

「わたしたちは祐樹が死んでいる分、容疑が大きいですよ」

喜一郎は自虐的に笑ってみせる。

「こちらから治療を頼んでおきながら無駄に終わったので織田先生を恨む。傍《はた》から聞けばとんだ逆恨みですが、悲しいかな否定もできない」

喜一郎は同意を求めるように聡子を見やる。聡子は今にも卒倒しそうなほど顔色を失くしていた。

「わたしも主人と同じ気持ちです」

掠れ気味だが、語尾はしっかり聞き取れる。

「ひょっとしたら、その犯人はわたしだったかもしれません」

「聡子」

「こんなことを言うのは恩知らずなんでしょうけど、織田先生は社会的地位で病人を選んでいるような気がして。そう考え出したら居ても立ってもいられなくなるんです。ウチに投げ込まれた手紙の文面が目の前に浮かんできて、こう、心臓が鷲摑《わしづか》みされるような気分になるんです」

「犯人に共感するような言葉は控えた方がいいですよ」

「分かっています。でも、こんなことを犬養さんに話せるのは安心したからです。何だか胸に閊《つか》えていたものがすっと取れたような気がするんです」

弱々しい声に変わりはなかったが、確かに聡子は憑《つ》き物が落ちたような顔をしている。喜一郎は喜一郎で、安らいだ妻を愛《いと》おしげに見つめている。

容疑者と括《くく》るにはあまりに穏やかな夫婦に見えた。


犬養と明日香は次に四ノ宮宅へ向かう。正午近くに到着すると、恵吾は既に織田が殺害されたのを知っていた。

「ついさっきネットニュースで流れていました」

無名の一般人が殺害されたのなら、こうも早く第一報が公開されることはない。いち早くネットニュースが流されたのは、織田豊水のネームバリューが上がっている証左と言えた。

「道場の中で殺されていたんですよね」

「内側から鍵の掛かる部屋ではありませんからね。不用心といえばあれほど不用心な部屋はありません」

「塀もさほど高くない。身軽な人間だったら易々と越えられそうでしたからね」

恵吾は少なからず興奮しており、言葉の端々には喜悦すら聞き取れる。さすがに軽率だと思ったのか、恵吾は気まずそうに目を伏せた。織田を殺害した凶器が根気棒だと知ったら、いったいどんな顔をするだろう。

「失礼しました。捜査の最前線に立っている刑事さんに向ける言葉じゃなかった」

「気持ちはお察ししますよ」

「あまり察してもらうと、真っ先に容疑者にされそうで怖くなりますけどね」

「皆さんにお訊きしています。昨夜十一時からどこで何をされていましたか」

「いつも通りですよ。夜の九時には寝入っていました。言わずもがなですが、愛実が死んでからは独り暮らしなので、それを証明する者はいませんけどね」

恵吾も自虐的に笑ってみせる。庄野喜一郎の笑い顔と酷似しており、家族を失った者たちの空虚さを改めて思い知らされる。自分も沙耶香を失えばこんな風に笑うのかと想像すると、胸が締めつけられるようだった。

「こんなことを言えば人でなしと罵《ののし》られるでしょうけど、織田先生が殺されたと聞いてほっとしました」

既視感どころではなく、これも聡子の言葉と同じだ。

「差出人不明の手紙を受け取った時もそうでしたが、恩人であるはずの織田先生が存在しているというだけで、自制が利かなくなる瞬間があります。病気の愛実を支えている時は、自分がこんなにも情緒不安定になる人間だなんて想像もしていなかった。実際に織田先生が殺されたと聞いてほっとしたのは、少なくとも自分が手を下さずに済んだからなんです」

「言いたいことは分かりますが、殺人の動機を仄《ほの》めかすような言動はどうかと思いますよ。まだ捜査は始まったばかりです」

「そうでした。わたしは容疑者の一人だったんですよね」

恵吾は思い出したというようにこちらを見る。殺人事件の容疑者扱いをされてこれほど安らかな顔を見せられるのは何とも妙で、切ないことだった。

「でも犬養さん。今回、警察は分が悪いかもしれませんよ」

「何故ですか」

「ウチだけではなく、家族を織田先生に預けて死なせてしまった人たちは少なくない。死なせないまでも財産の大部分を失った人もいるはずです。そういう人たちは、果たしてどれだけ捜査に協力してくれるんでしょうねえ」

恵吾の笑顔は皮肉に歪んでいる。吐いた言葉は犬養たちへの挑発であり、同時に織田信者たちへの揶揄《やゆ》でもあった。

その日のうちに織田殺害事件の捜査本部が立ち上げられた。帳場が立ったのは例によって所轄の北沢署で、犬養と明日香の座る後方には越山の姿もみえる。しかし犬養の本音としては池上署の志度と田園調布署の峰平も参加させたかった。三つの事件は単独ではなく、被害者と加害者が役割を逆転させている可能性がある。

雛壇《ひなだん》に座るのはお馴染みの村瀬《むらせ》管理官、北沢署の署長、そして専従班として陣頭指揮を執る羽目になった麻生だ。

政財界と少なからず関係を持つ男が殺された事件であり、捜査に何らかの圧力が加わるのは目に見えている。第三者の意思が正の方向に働いても負の方向に働いても、捜査本部にとっては圧力でしかない。それを骨身に沁《し》みて知っている麻生は、苦りきった顔を隠し果《おお》せずにいる。

一方、村瀬管理官は常時の能面ぶりを発揮して、表情からは何を考えているかまるで読めない。いったんは政界からの圧力で中断させた織田豊水の捜査を、今度は本人が殺害された事件で再開しようというのだ。指示を出した村瀬には相応の葛藤《かっとう》があるはずだが、それをおくびにも出さないのは天晴としか言いようがない。

「世田谷区経堂で発生した殺人事件、第一回の捜査会議を始める。最初に言っておくが被害者の織田豊水氏については世間やマスコミで様々に喧伝《けんでん》されている。政財界との関係を取り沙汰《ざた》する者も多い。だが捜査に臨む以上、そうした声は全て雑音と思ってほしい」

横に座る麻生は怪訝《けげん》そうに片方の眉《まゆ》を上げる。村瀬の言葉を最初から信じていないのがありありと分かる。

「最初に司法解剖の結果を」

これには明日香が立ち上がって答える。

「つい先ほど解剖報告書が届きました。背後から頭頂部を四回、右肩に一回の打撃を受けていますが死因は頭蓋骨陥没による脳挫傷。陥没面が現場に落ちていた棒状凶器の形状と一致しており、被害者はこの凶器で殺害されたものと思われます。凶器は材質が硬く折れにくいアオダモで主に野球バットの原材料とされていますが、各種薬草が塗り込められており、被害者の主宰する医療団体〈ナチュラリー〉では根気棒という名称で治療に使用されていました」

続いて犯行現場の写真がモニターに映し出される。床の間の刀掛けも写真に含まれているので凶器が元々現場にあった物だと分かる。

「死因以外に特筆すべき事実はあるか」

「被害者の体内からは濃度の高いコカインが検出されています」

捜査員たちの間から微《かす》かな苦笑が起こる。巷《ちまた》で話題の医療従事者が薬物中毒というのは笑えるくらいには皮肉な話だった。

御厨の見立ては今回も正しかった。コカインは医療では局部麻酔薬として重宝されているが、中枢神経に作用すると精神を昂揚させる。身体的依存よりは精神的依存の強い麻薬であり、日本では麻薬及び向精神薬取締法で規制対象になっている。コカイン注射はシャーロック・ホームズの悪癖としても有名だ。

「被害者の腕には注射痕が残っており、日頃から常用していた可能性が高いとのことです」

「ほとんど無抵抗で襲撃を受けたのはコカインで意識が混濁していたせいか」

「充分考えられるとの意見でした」

「次、鑑識報告」

鑑識課の捜査員が立ち上がるが表情は優れない。口を開く前から成果が芳しくないことが窺《うかが》える。

「現場は普段から治療所として開放されている場所であり、被害者はもちろん患者とその家族が多数出入りしています。不明毛髪と体液が多く採取され、現在は分析中です」

「被害者を背後から襲ったのなら犯人の下足痕が残っているはずだろう」

「はい。しかし畳の上からは靴跡らしきものが一つも見つかっておらず、犯人が靴を脱いで被害者に忍び寄った可能性が捨てきれません」

織田がコカインの摂取で人事不省に陥っていたとしても、犯人が接近を企てて足音を殺す工夫をしたことは充分考えられる。それなら治療にやってきた患者や家族と条件は同じになる。

「治療歴のある会員の協力が必要ということか」

村瀬は抑揚のない声を洩らす。会員の中には当然政財界の人間も含まれており、彼らに協力を要請する際の抵抗を予想して疎ましく思っているに相違なかった。

「〈ナチュラリー〉本部の玄関および裏口に設置されていた防犯カメラですが、こちらはレンズ部分が赤のラッカー系塗料で無力化されていました。直前に映っていたのはスプレー缶のアップだけで犯人らしき人物は一瞬も映っていませんでした」

「カメラの設置位置から死角までを把握していたことになる。犯人は本部付近に相当な土地勘がある」

本部に足繁く通っているといえば、まず会員たちが挙げられる。推理を進めれば進めるほど会員たちへの疑惑が深まるという次第だった。

「玄関を無理に開錠した痕跡もなく、犯人は塀を飛び越えて侵入したものと思われます。現在、塀の周辺からも下足痕を採取、分析しております」

「次、被害者の鑑《かん》取り」

これには犬養が答える。もっとも織田の素性については従前に判明したことを報告するだけだ。

「織田豊水、民間医療団体〈ナチュラリー〉の代表取締役として登録されている本名は織田豊嗣です。ホームページのプロフィールにはハンガリー国立大学卒とありますが、同大学の卒業証書は真っ赤な偽物、入学事実もありません。また織田は医師免許も取得しておらず、公開している経歴は詐称です。ただし本人は医療行為に当たることはしておらず、法的に問えるのは私文書偽造罪くらいです」

我ながら皮肉な物言いだと思った。経歴から医学知識、治療法に至るまで嘘で固めた装飾に過ぎないのに、議員バッジを着けた者たちが有難がって織田の足元にひれ伏している。そんな輩《やから》が立法府でふんぞり返っている現状を鑑《かんが》みれば、妙な笑いが込み上げてくる。

「ただのペテン師という訳か。織田豊嗣としての経歴は判明しているのか」

「現在、住民票から遡《さかのぼ》って被害者の過去を洗っている最中です。尚、クスリ関係での逮捕歴は確認できませんでした」

「継続してくれ。逮捕歴がなくても売人と拗《こじ》れて事件に発展した可能性もある」

会員の中に犯人がいるよりも麻薬絡みで容疑者が出てくれれば有難い。本音はそんなところだろう。

「管理官、よろしいでしょうか」

犬養は着席せずに発言を続ける。

「何だ」

「六月に庄野祐樹という少年が病死した件と、今月に四ノ宮愛実という主婦が自殺した件。いずれも織田豊水ならびに〈ナチュラリー〉が大きく関与しています。事件を担当した池上署と田園調布署を捜査本部に加え、情報を共有してはどうでしょうか」

「必要ない」

一刀両断だった。

「両事件との関わりは既に報告を聞いている。関係者への事情聴取は必要だが、増員することは当面考えていない」

おそらく徒《いたずら》に捜査本部を拡大したくないのだろう。考え自体は間違っていないが、情報共有できないのは残念としか言えない。

「地取り」

これには越山が立ち上がる。

「被害者の死亡推定時刻である二十日の午後十一時から深夜一時にかけて、〈ナチュラリー〉本部前を行き来した目撃者を探していますが、まだ見つけていません。近辺には商店街があり遅くまで人通りはあるのですが、現場は住宅街の奥まった場所にあり本部の近辺は非常に静かです」

「経堂の自慢話をする場ではない」

さすがにむっとした口調で返した村瀬は、わずかに苛立《いらだ》ちを露《あら》わにする。

「スプレー缶を握った不審者がうろついていたんだ。目撃者が見つからない方がどうかしている」

叱責《しっせき》を受けた越山は辛《つら》そうな顔で着席する。

「初動捜査の段階で容疑者はある程度絞られてきた。〈ナチュラリー〉に会員名簿を提出させ、会員一人一人のアリバイを潰していく。鑑識作業と地取りは続行する。以上だ」

捜査員たちが散っていく中、犬養は座ったままで考える。

会員名簿からの容疑者洗い出しは既定路線と言ってもいい。問題はその名簿の中に桜庭梨乃や久我山議員といった著名人がいた場合、どこまで踏み込めるかだ。二人は自らの病名を公にして〈ナチュラリー〉の自由診療に賛同したが、逆に秘密にしたい者も存在するに違いない。織田の口が永遠に閉ざされて胸を撫《な》で下ろしている人物が快く捜査に協力するはずもない。

「いいか、犬養」

頭上からの声に気がつくと、目の前に麻生が立っていた。

「庄野祐樹の事件から織田豊水を追っていたお前だ。言いたいことはあるだろうが口を慎め」

「まだ何も言ってませんよ」

「言う前だから釘《くぎ》を刺しておくんだ」

ぴんときた。誰よりも先に釘を刺されたのは麻生に違いない。

「会員名簿の件ですか」

「そうだ。会員一人一人のアリバイを洗い出すという方針はそのままだが、誰がどの会員を担当するかは管理官が選定する」

「俺は議員会館担当から外されそうですね」

「誰かが死んで悲しむヤツもいれば喜ぶヤツもいる。世の中ってのは、そういう具合にできている」

「喜んでいるのは久我山議員の政争相手ですか」

「久我山議員は国民党最大派閥の調整役を任じている。彼が〈ナチュラリー〉の自由診療で永らえるのを厭《いと》う連中は山ほどいる。彼がいなくなれば現在の真垣《まがき》体制の中で燻《くすぶ》っている若手議員たちが一斉に反旗を翻す目もない訳じゃない。政権奪取を狙う野党側にしてみれば願ったり叶《かな》ったりだろう」

「人の不幸を祈るような人間にはなりたくないものですね」

「とにかく暴走するな」

麻生はちらりと明日香に視線を向ける。犬養のブレーキ役に相応《ふさわ》しいかどうかを値踏みする視線だった。今更か、と笑い出したくなる。こと被害者が女子どもだった場合、暴走する傾向は明日香の方が強い。織田をラスプーチンに擬《なぞら》えているのは、その一環だ。自覚があるのか、明日香は珍しく居心地が悪そうにしている。

「いいか。忠告はしたからな」

麻生は踵《きびす》を返して管理官の後を追っていく。

上司として忠告はした。だから自己責任が取れる範囲なら多少の暴走は大目に見る。好意的に解釈すれば、そういう意図だ。

管理官の顔色を見ながらも犬養の邪魔はしたくない。相反する二つの命題を両立させようという苦労は、中間管理職の悲哀というべきか。

第一回の捜査会議が終わる頃には、織田豊水の事件は各メディアのトップを飾っていた。どこから漏洩《ろうえい》したのか、凶器は治療に使用されていた根気棒であることも暴露されていた。

芸能記者たちは早速桜庭梨乃のコメントを取りにいったが、それよりも先に彼女の公式ホームページが哀悼の意を表していた。

『本日、織田先生の悲報を聞きました。悲しさと悔しさで胸が張り裂けそうです。どうして生きていてほしい人に限って早く逝ってしまうのでしょうか。

今はまだ落ち着いて話ができません。ごめんなさい。

でも織田先生に治してもらった身体がある限り、わたしはもう一度、いや何度でも立ち上がってみせます。

織田先生、天国から見守っていてください。

七月二十一日　桜庭梨乃』

政治記者は久我山議員の許に集まった。さぞかし気落ちしているものと思いきや、久我山は報道陣を前に憤怒《ふんぬ》を隠そうともしなかった。

「織田先生を謀殺した悪党をわたしは断じて許さない。織田先生こそはがん治療の最前線で孤軍奮闘する勇士だった。先生を失ったことで、日本の医療界はまた足踏みを余儀なくされる。立法府が警察の捜査に介入することはないが、捜査本部には早期解決を願ってやまない」

国の重要人物を失ったかのような扱いに鼻白む者も少なくなかったが、ニュースのネタとしては利用価値がある。久我山議員のコメントの一節は各メディアの見出しに使われた。

一方、ショック状態から抜け出した毬谷事務局長は早くも後継者問題への対処を迫られた。

「織田主宰が亡くなられたからといって、すぐに後継者について取り沙汰されるのは心外です。わたしたち〈ナチュラリー〉は織田主宰と一体でした。今は唯々《ただただ》織田主宰の冥福《めいふく》をお祈りするだけです。もちろん会員さまからの熱い要望もあり、会の解散は考えておりません。織田主宰も会の存続を望んでおられると存じます。ただ、今は祈りと鎮魂の時です。社葬についてもこれから協議しなければなりません。しばらくはわたくしども〈ナチュラリー〉を見守っていただきたくお願いする所存です」

毬谷事務局長は〈ナチュラリー〉の広報部長も兼務しているかたちだったが、公私ともに織田に最も近い人物は彼女だ。気の早い連中の中には彼女を織田の後継者に推す者もいたが、いずれにしても織田の葬儀が終われば、後継者問題が再燃するのは誰の目にも明らかだった。

一連の報道から距離を保っていたのは医療従事者たちだった。予《かね》て悪評の絶えなかった自由診療の伸張を快く思わなかった彼らは織田の死に関して無視を決め込んだのだ。記者からマイクを突き付けられてもノーコメントを貫き、自身のＳＮＳでも言及を避けているようだった。

賢い選択だと犬養は思った。医療従事者はその肩書だけで権威に護《まも》られている。迂闊《うかつ》に死者を鞭《むち》打てば、卑怯《ひきよう》者の誹《そし》りは免れない。雉《きじ》も鳴かずば撃たれまい。こういう時は貝のように口を閉ざしているのが利口な人間の振る舞いだ。

身分詐称であろうがインチキ医療であろうが、ひとたびマスコミの寵児《ちようじ》になりさえすればアイドルや国会議員をも凌《しの》げる。

織田豊水の死は、興味本位の価値観が社会的貢献度を凌駕《りようが》している現状を知らしめる結果となった。

2

本人の死亡により織田豊嗣の捜査が進められると、織田豊水を名乗る以前の暮らしぶりが次第に明らかにされていった。

「織田は水戸《みと》市が本籍地でした」

住民票調査に奔走した明日香は捜査会議に先んじて犬養に報告する。

「大学卒業と同時に大手自動車メーカーに勤めています。住民票の住所地が会社の寮だったので、これはすぐに判明しました」

まず入社年月日を聞いて引っ掛かった。入社年は二〇〇〇年、求人倍率が一・〇を下回り就職氷河期と呼ばれた時期だ。しかも二〇〇〇年に大学卒業ということは、享年四十。見掛けよりはずいぶん若かったのだ。

「正社員として採用されたのか」

「いいえ。会社に確認したところ契約社員だったようです」

住所地となっている社員寮は自動車メーカーの組立工場付近だ。住民票から透けて見える実像は、大卒でありながら自動車部品の組立工場に配属された契約社員の姿だ。

「織田は社員寮を二年で退寮しています。これも会社に確認したのですが、特段の理由はなく契約期間切れで退職と同時に退寮になっています」

所謂《いわゆる》派遣切りというものだろう。元より自動車組立工場は季節労働者の割合が多いと聞く。景気動向如何《いかん》で派遣社員を切るのは慣れているだろう。

「社員寮を出てからの足取りは」

「退寮してからは新宿の単身者用アパートに移り住んでいます」

「おい、新宿の単身者用アパートというのは、ひょっとして」

「ええ。ワンルームに二段ベッドを二つ押し込んで、四人で部屋を共有するタイプです」

近年問題になっている、外国人向けの違法すれすれの賃貸物件だった。貸主と借主はシェアルームだと主張しているので被害者不在といえるが、要するに居住空間をカーテンで仕切っただけのタコ部屋だ。

「新宿駅徒歩圏内で家賃はひと月一万八千円。格安といえば格安ですけど、カプセルホテルに毛が生えたような物件ですよね」

「そのカプセルホテルもどきを拠点に就職活動をしていたんだな。成果はあったのか」

「不明です。ただアパートの管理会社に確認したところ、織田は三カ月で部屋から退去しているにも拘《かか》わらず住所を移転していません」

家賃が払えなくなって退去せざるを得なかった。そう考えるのが自然だろう。ハンガリー国立大学医学部卒、帰国後に国立病院勤務という華々しい経歴は劣等感の裏返しかもしれなかった。

「それから約十年間、住民票の移動はありません。ところが二〇一三年の六月、織田は世田谷区経堂にある〈ナチュラリー〉本部の住所地に移ります」

「その十年間、織田がどこで何をしていたのかは分からないか」

「住民票調査から引き出せたのはここまでです」

明日香は残念そうだった。派遣切りに遭い、タコ部屋すら引き払うしかなかった織田豊嗣が、どのような変遷を経て織田豊水になったのか。最重要な時期の情報がぽっかり抜け落ちているので、折角明日香が奔走して調べ上げた事実が画竜点睛《がりようてんせい》を欠くような有様になっている。だが犬養は問題を整理する意味で敢《あ》えて口にする。

「現場の金品が奪われていないから物盗《と》りの犯行とは思えない。織田のインチキ医療を恨んでの犯行という疑いが濃厚だが、過去の経緯《いきさつ》が全く無関係と断じることもできない」

説明されるまでもないというように明日香は唇を尖《とが》らせる。探るべきことが分かっていて手の届かないもどかしさは痛いほど分かる。捜査員なら幾度となく味わう無力感だが、これを越えなければ先に進めない。

明日香が捜査一課に配属されて間もない頃、犬養との間には絶えず不協和音が流れていた。今から考えれば犬養の性格を毛嫌いしていたというよりも、捜査一課の殺伐とした雰囲気に順応できなかったのだろう。だがいくつかの事件を経て、明日香にも犬養や麻生と同じ血が流れ始めている。

獲物を追う猟犬の血だ。

猟犬を鍛えるのはトレーナーの役目だが、野性を発揮させるのは資質しかない。犬養は明日香があさっての方向に走り出さないように見守るしかない。

その時、卓上の電話が鳴った。一階フロア受付からの内線だった。

『犬養さんに面会のお客様です』

「妙だな。面会の予定は聞いていない」

『ええ、アポイントはないそうです』

「誰ですか」

『厚生労働省関東信越《しんえつ》厚生局麻薬取締部の七尾《ななお》様です』

えらく長ったらしい肩書にも素性にも身に覚えがない。念のために明日香にも尋ねてみたが首を横に振る。とにかく会ってみようと、犬養は来客を一階の待合室に案内するように伝える。

「はじめまして。厚労省関東信越厚生局麻薬取締部の七尾究一郎《きゅういちろう》と申します」

渡された名刺と本人の顔を見比べる。堅苦しい肩書に比して、本人にはどことなく無頼の香りが漂っている。

俳優養成所にいた頃から人間観察は半ば癖のようになっている。長年鍛えた観察眼によれば、目の前に座る麻薬取締官は羊の皮を被《かぶ》った狼だ。行儀よさげに見えるが、いざとなれば内規も法律も放棄して暴走しそうな危うさを醸している。

「刑事部捜査一課の犬養です。この仕事も長いのですがマトリ（麻薬取締官）の人に訪問されるのは初めてです。ご用件は何なんですか」

「先日殺害された織田豊水氏に関してです。担当が犬養さんだと聞きましたので」

「その通りですが、どうしてマトリの七尾さんが興味をお持ちなんですか」

「もちろん捜査対象だったからです。過去形になってしまったのは悔やまれますが」

「織田豊水を追っていたのですか」

「三カ月前からですね。コカインの常習者であるという情報を得て本人の動向を探っていましたが、まさか殺害されるとは予想もしていませんでした」

七尾は苦々しく笑う。追い詰めていた獲物を目の前で攫《さら》われる無念さは刑事もマトリも似たようなものなのだろう。

「コカインの流通ルートを探るうち織田豊水の名前が出てきたんです。彼から売人を辿《たど》ろうと監視を続けてきたんですが、やられました」

「織田が殺害されたのはクスリ絡みだとお考えですか」

「確信とまではいきませんが。そもそも強行犯の捜査に関して厚労省の役人の出る幕はありませんよ」

「じゃあ、どうして事件の担当者に会おうなんて考えたんですか」

「織田豊水が死んでも売人がいなくなる訳じゃありません。仮に売人が事件に関与しているのなら突破口にもなり得ます」

「情報交換、でしょうか」

「話が早くて助かります」

「ウチは住民票上の住所地から本人の勤務歴を洗った程度です。しかし織田豊嗣が二〇一三年に〈ナチュラリー〉主宰者織田豊水として出現するまでの約十年間、どこで何をしていたのか今のところ不明なのですよ」

するとと七尾は悪戯《いたずら》っぽい笑みを浮かべる。

「その空白の十年間、一部は情報提供できますよ」

「待ってください。織田はクスリ絡みでも前科はなかったはずですよ」

申し訳ありませんが、と謝ってから七尾は言葉を続ける。

「あるルートに関しては、そちらの組対五課よりも情報の蓄積があるんです」

言われた犬養も苦笑いするしかない。違法薬物の検挙数について組対五課と厚労省麻薬取締部がしのぎを削っているのは周知の事実だが、最近は芸能人や著名人の逮捕で麻薬取締部にスポットライトが当たっている。マトリはおとり捜査ができるから優位に立てるというのが組対五課の言い分だが、犬養にはやっかみのようにも聞こえる。どちらにせよ、七尾が組対五課よりも織田の情報を握っているのなら、当方に不満はない。

「情報提供していただける一部というのは、いつ頃のことなんですか」

「織田が大手自動車メーカーをクビになったのは二〇〇二年。その後、新宿の安アパートに移る訳ですが、安アパートを出てからはさほど遠くに移動していません。と言うか至近距離です。何しろ新宿駅西口を根城にしていましたから」

「ホームレスですね」

「ワンルームを四人で分割するようなアパートを追い出されたら、もう首都圏でまともに住める場所はないでしょう。最初の頃にはネットカフェを利用していたようですが、日雇いの仕事が途絶えがちになると西口や公園に寝泊まりするようになりました。織田はそうした暮らしを六年ほど続けました」

「詳細な情報ですね。いったいどんな手段で入手したんですか」

「織田本人が喋ったのですよ」

七尾は事もなげに言う。

「二〇〇九年六月、織田は新宿の平間《ひらま》医院に担ぎ込まれます。栄養失調と肺炎を併発して、路上で行き倒れたんですね。今申し上げたのは、問診票を含め、織田本人が医師に語った内容です。栄養失調だったので生活歴を語らない訳にはいかなかったのでしょう。織田は平間医院に三週間入院していました」

「ホームレスで三週間の入院治療費を捻出《ねんしゅつ》するのは困難だ」

「ええ。もう察しがついているでしょうけど、織田は平間医院に診療費を借りたんです」

生活困窮者が入院治療の憂き目に遭うと、各自治体の保健福祉センター等からの依頼で、医療機関は診療費貸付申請を受け付ける。お互いの信用の上で貸し借りし、患者の生活に余裕ができれば返済するという前提に立つ制度だ。

「三週間で退院できたのはいいとしても、織田が滞りなく治療費を返済できたとは思えませんね」

「それもお察しの通りです。元よりその日暮らしでしたから、まとまった金額なんてとてもじゃないが返しようがない。聞いてみると、こういう例は少なくないそうで借りた治療費を踏み倒されるのは決して珍しくない」

「まあ、そうでしょうね」

「病院経営を圧迫している一因でもあるようです。だからという訳でもないのでしょうが、平間医院の対応は他の医療機関と少し違っていました。外部に委託して治療費の督促をさせたんですよ」

「まさかの回収業者委託ですか」

債権の回収を請け負う業者は数多《あまた》存在するが、上品な業者もいればそうでない業者もいる。生憎と犬養が知っているのは圧倒的に後者が多い。

「平間医院が委託した業者はヤクザ紛《まが》いでした。織田の仕事先にまで現れ、折角稼いだ日銭を給料袋ごと奪っていったらしいです。取り立て屋が四六時中張り付いていたんじゃあ雇い手もいなくなる。織田の生活がますます劣悪になるのは容易に想像がつきますね」

生活困窮者でありながら、借りた治療費を取り立てられる日々。相手が織田でも同情してしまいそうになる。

「担ぎ込まれた病院でそんな扱いを受ければ、医療に対する見方も激変するでしょうね。織田が標準治療を目の敵にしたのは、案外その体験がきっかけだったのかもしれません」

「同感です。付け加えるなら、織田に初めてのコカイン使用が疑われるのはちょうどこの頃なんです。本人に付き纏《まと》っていた取り立て屋が、織田にコカインの味を覚えさせた」

犬養は次第に憂鬱《ゆううつ》になる。就職氷河期、派遣切り、ホームレス、栄養失調、治療費の前借りと苛酷《かこく》な回収、そして麻薬の誘惑。不幸のオンパレードではないか。これではどんなに真っ当な人間でも性根が曲がりかねない。怪僧のイメージが強烈な織田豊水だったが、過去を知れば知るほど抵抗力のない社会的弱者の姿が浮かび上がってくる。

「取り立て屋から味を覚えさせられた織田は定期的にコカインを吸引していたようです。もっとも織田は平間医院退院後に新宿から離れていたため、売人をちょくちょく替えていたんです」

「七尾さんは現在の売人を追っているんですよね」

「〈ナチュラリー〉の主宰者になってから織田の収入は安定しました。生活が安定したのならクスリの使用を控えればいいと考えるのはクスリの怖さを知らない人間の発想でしてね。麻薬常用者は収入が安定すると、より純度が高くて価格も高いブツに手を出すようになります。彼らにすれば使用するクスリのグレードアップは生活のレベルアップなんです」

歪んだ考えだとは思ったが、それは犬養が違法薬物と無縁だからだろう。常用者にとって麻薬の吸引は日常生活に他ならない。日常生活ならばレベルアップを望むのはむしろ当然ではないか。

「純度の高いコカインを仕入れられる業者は非常に限定されます。限定されているからより大きな利益を得、組織も巨《おお》きくなっていく。叩《たた》けば多くの被害者の救済に繋《つな》がります」

七尾が織田を追っていた理由にようやく合点がいった。

「貴重な情報をありがとうございます。しかし、まだウチは捜査本部が立ち上がったばかりで、バーターできるほどの情報を入手していませんよ」

「今日のところは捜査本部にパイプができただけで良しとしましょう」

「それでいいんですか」

「仕事柄ですかね。性急さよりは確実さを重視しています。仮に犬養さんの捜査線上に売人が浮上しなかったとしても、可能性を一つ潰せたと考えれば決して損じゃない。別のエンドユーザーから辿り直すだけです」

達観しているというよりは執拗《しつよう》なのだ。執拗で、その上得体の知れない怖さがある。自分や明日香が飼い馴《な》らされた猟犬なら、七尾はさしずめ飢えた野生の犬だ。七尾に食いつかれた売人はさぞかし大変だろうと要らぬ同情をしてしまう。

「では何か興味ある進捗《しんちょく》があればご連絡ください。楽しみにしています」

「最後に一つ。ウチとの捜査協力は七尾さんの上司も承諾しているんですか」

「いいえ、まだです」

七尾は平然としたものだった。

「売人の名前が浮上してからでも遅くないと思いましてね。第一、提供したのは死者の情報です。麻薬取締部が独占していても無意味ですよ」

「事後承諾ですか。それでよく上から睨《にら》まれませんね」

「いやあ、きっと睨み疲れているんだと思いますよ。向こうもあまり目を合わそうとしませんから」

確かに野犬と目を合わそうとする者は多くないだろう。

犬養は七尾の上司にも同情を禁じ得なかった。


七尾と違い、猟犬である犬養は咥《くわ》えた獲物を持ち帰る義務がある。七尾から提供された情報を伝えると、麻生は低く呻いた。

「退院に続く治療費の取り立てとコカイン吸引か。マトリがそれだけの情報を収集しているのに、組対五課はどこで油を売ってたんだ」

予想通りの反応を示したので、犬養も用意していた言葉を口にする。

「この場合は組対五課を責めるよりマトリの能力を称賛すべきでしょう。捜査線上に織田の名前が挙がるなり過去の入院歴まで突き止めたんです。大したもんですよ」

犬養も組対五課に顔馴染みがいる。同じ麻薬取締だから名前くらいは知っているだろうと聞いてみると、七尾究一郎は存外に有名人だった。検挙率もさることながら麻薬犯罪に対する態度は峻烈《しゅんれつ》を極め、反社会的勢力にもその名が知れ渡っている。おとり捜査で窮地に立たされること十数回、幾度も死地を潜り抜けてきた猛者《もさ》との評判だった。犬養が野犬と評したのも満更ではなかったのだ。

「恩返しするつもりはないが、これでこちらの捜査が進展しなけりゃ恥の上塗りだ」

「織田がコカインの常用者なら、あの極端な自信や漲《みなぎ》る気力にも納得がいきます」

「〈ナチュラリー〉本部のどこかに注射道具一式が隠されていたはずだ。くそっ、未《いま》だにそれすらも見つかっていない。一課と鑑識は節穴揃いか」

「殺害動機がクスリ絡みというのは第一回の捜査会議でも可能性の一つに挙げられていました。その可能性がマトリからの情報で、より濃厚になった感がありますね」

麻生はじろりとこちらを睨んでくる。睨み方一つで考えている内容に察しがつく。クスリ関係での捜査を進めれば、当然どこかで組対五課とかち合う局面も出てくるだろう。普段から組対五課と円滑な関係が構築されていれば問題ないのだが、生憎捜査一課と組対五課の相性はあまりよろしくない。クスリ絡みの凶悪事件が発生すると、手柄の奪い合いになることも少なくないからだ。各々の課長同士が反目し合っていれば、捜査員同士が和気藹々《あいあい》とはいかなくなる。覇権と派閥、縄張り意識に検挙率争い。巨大な組織になればなるほど、分課の弊害が顕在化する。

「村瀬管理官のことだ。今の話を伝えたら、組対五課との連携も厭《いと》わない」

船頭多くして船山に上るの喩えではないが、反目し合う集団を合体させたところでパフォーマンスが向上するとは思えない。むしろ効率が悪くなり全体の方向性を見失う羽目にならないか。麻生の危惧《きぐ》と嫌悪は手に取るように分かる。

「ところで、その七尾というマトリは信用できるのか」

「まさか何の利害関係もない捜査一課にガセを吹き込むような酔狂な真似はしないでしょう。向こうだってヒマじゃありませんん」

麻生が外部からの情報に懐疑的なのも理解できる。命じられるまでもなく裏付け捜査はするつもりだった。

「〈ナチュラリー〉の会員名簿を基《もと》に、織田を恨んでいそうな連中を洗い出しているんだが、どうにも容疑者を絞りきれていない。アリバイが成立していない者は全員、織田豊水に心酔している。若干、織田に不信感を抱いている者は逆にアリバイが成立している」

「久我山議員はその後どうしていますか」

「事件当日は議員宿舎にいた。これは出入館のチェックで明らかだ。ただアリバイ成立云々《うんぬん》よりり、公安委員会の某《なにがし》を通じて、捜査本部に圧力をかけてきた。ただし早期解決せよとのお達しでだ」

「捜査を妨害されるよりはずっとマシじゃないですか」

「結果として捜査員が萎縮《いしゅく》してしまえば同じことだ。大体、政治家一人の恫喝《どうかつ》や叱咤《しった》でエンジンに火が点《つ》く刑事がいると思うか。火が点いて右往左往するのは上の連中だけだ」

最後のひと言は現場で陣頭指揮を執る者としての矜持《きょうじ》だろう。これには犬養も深く同意する。

「捜査本部としてはどういう態度を取るんですか」

「目下のところは面従腹背《へ》だ。村瀬管理官というのは、あれでなかなか現場重視のキャリアで、上からの指示を屁とも思わないような風情がある。どんな圧力をかけられたか捜査会議で一端に触れることはあるだろうが、そのまま捜査員に押しつけることはしない」

そこまで言ってから麻生は唇を曲げる。

「取りあえず現時点ではな」

久我山議員自身が闘病生活のさ中なら、織田の自由診療に代わる治療法を探し出すのが急務だ。いつまでも捜査本部にかかずらっている余裕もあるまい。しばらくは時間が稼げるという麻生の読みだ。

「正直、織田が殺されたところでカルト教団の教祖が死んだくらいのニュースバリューでしかない。ところがアイドルやら政治家やらが信者だったものだから話が大きくなっただけのことだ。標準治療を尊び自由診療に懐疑的だった医療関係者はざまあみろとしか思っていない。外野で騒ぎ立てているヤツの大部分は単なる野次馬だ。お前には言わずもがなだが平常心を失うなよ」

いかにも麻生の言いそうなことだが、この時点で吐いたのには違和感を覚える。おそらくは麻生自身が平常心を失いそうになっているのだろう。

たかがペテン師の死がこれほど大きく扱われるのも、ペテンの質が非常に巧みだったからだ。死して尚、織田の残像に手を合わせる信者たちがいる。これだけは舌を巻かずにはいられなかった。

3

翌日、犬養は明日香とともに水戸市に向かった。水戸市酒門町《さかどちょう》。そこに織田の生家がある。

「そう言えば織田が殺された件で親族からは何の問い合わせもありませんでしたね。一部報道では豊嗣という本名も顔写真も掲載していたはずですけど、どうしてなんでしょうか」

明日香の疑問はもっともだった。捜査本部にしろ、織田の生家を知り得たのは住民票調査によってだ。本来であれば本人の死を知って親族が問い合わせをしてくるパターンが圧倒的だろう。

「災害クラスのニュースでなけりゃ無頓着《むとんちゃく》な人間だっている。世の中の誰もがテレビやネットに齧《かじ》りついている訳じゃあるまい」

明日香にはそう言ったものの、犬養も気にしていた事柄だった。とにかく遺族に会えば疑問は氷解するだろう。

二人を乗せたインプレッサは住民票に記載されていた当該地に到着した。古くからの住宅街らしく、民家はどれも相応の築年数が経っている。新しく見えるのは、最近開店したばかりと思《おぼ》しきファストフード店くらいのものだ。

まだ午前中だというのに陽射しがじりじりと照りつける。立っているだけで額から汗が噴き出してくる。

織田の生家はスレート葺《ぶき》の木造平屋建てで、屋根が微妙に傾《かし》いでいた。大きな地震に襲われれば紙細工のように潰れてしまうのではないか。

すっかり退色したプラスチック製の表札には〈織田〉とある。ここで間違いなさそうだった。

インターフォンの呼び出し音が外にまで洩れ聞こえてくる。五度目のコールでやっと反応があった。

『どなた』

犬養が身分と姓名を名乗ると、ややあって玄関から老婦人が姿を見せた。解《ほっ》れ髪で化粧っ気なし。七十代にも見えるが実年齢は不明だ。目に光が乏しく、すぐには笑った顔が想像できない。

「織田豊嗣さんのお母さんですか」

「そうだけど、あの子が警察の厄介にでもなりましたか」

やはり知らなかったか。視界の隅で明日香が目を伏せるのが見えた。

「織田豊嗣さんは二十一日、遺体で発見されましたよ」

驚愕するか泣き崩れるかのどちらかだと思ったが、意外にも母親の表情に大きな変化はない。ただ全てを諦《あきら》めたような目でこちらの様子を窺うばかりだった。

「ああ、そう。とうとう死んでしまったかね」

そしてゆっくりと背を向ける。

「あの子の話を訊きに来たんでしょ。家の中の方が少しは涼しいから入ってちょうだい」

家の中は大小のタンスやカラーボックスが場所を取っていて狭苦しい。居住者の体臭が染みついているのか、老人特有の腐葉土のような臭いが鼻孔をくすぐる。

「ご主人はご在宅ですか」

「亭主はもう何十年も前に死んだよ。旋盤の作業中、事故に遭ってさ」

二人は応接間に通された。ホームセンターで買ったような安物のソファがふた組あるだけの、やはり狭い部屋だった。

母親は薫子《かおるこ》と名乗った。自分の世代では珍しい名前だと妙なところで自慢する。

「豊嗣くんはどうして死んだの」

未だに息子をくん付けするので少し戸惑った。偉丈夫で容貌魁偉《ようぼうかいい》な織田にも無論子供時代はあっただろうが、それでもくん付けには違和感しかない。

「豊嗣さんは織田豊水という名前で民間医療団体の代表をしていました。二十日の夜、外から侵入された何者かによって殺害されました」

「どんな風に殺されたの」

「意識が朦朧《もうろう》としていたところを背後から殴打されました。おそらく痛みはあまり感じなかったと思われます」

「そう。あの子は痛みに弱い子だったから不幸中の幸いだ」

老いた姿を目の前にして、まさか母親が老骨に鞭打って経堂くんだりまで出ていくとは考えにくかったが、形式なので訊いておく。

「二十日の夜十一時からはどこにいらっしゃいましたか」

「自分家《ち》以外にいる場所なんてないよ」

「お一人でしたか」

「豊嗣くんが出て行ってからはずっとだ」

母親はひどく淡々としており、息子を失った哀しみは微塵《みじん》も感じられない。

「亭主が死んだのが中学二年の時だった」

「高校卒業までは一緒に住んでいたんですよね」

「大学が県外だったからね」

「どんなお子さんでしたか」

正直、幼少時代の織田にあまり興味はない。昔の話を持ち出すのは、あくまで母親の舌を滑らかにするのが目的だった。

「どんな子って……そりゃあ可愛い子だったよ。母親ならみんなそう思うんじゃないのかい」

母親は両手で十センチほどの隙間を作ってみせる。

「小学校の頃はさ、顔も身体もこんなに細くってさ。あんまり痩《や》せてたんで、家で飯食わせてないんじゃないかって近所から陰口言われたこともあるのよ」

「大人になった織田さんは背も高く、体格も人一倍立派でした」

「高校に入学した頃から急に成長し始めてね、一年の時と卒業間近では別人みたいだった。それでも優しいのはね、変わらなかったの」

「優しかったんですか」

「よく虫も殺せないなんて言い方するでしょ。豊嗣くんがちょうどそんな子だった。喧嘩《けんか》もしないし言い争いもしないし。だから、よくクラスの子に虐《いじ》められてたわ」

その豊嗣くんが〈ナチュラリー〉の道場でどう振る舞っていたかを伝えたら、母親はいったいどんな顔をするだろう。

「大学卒業後、彼が自動車メーカーに勤めたのはご存じですよね」

「就職活動は大変だったみたい。心配で電話すると『何とかなる、何とかなる』って繰り返して、決まったのはクルマの製造工場勤め。最初のうちはね、わたしにも契約社員だってことを隠していたのよ」

犬養が返事をあぐねていると、見かねたように明日香が割り込んできた。

「きっとお母さんに心配をかけたくなかったんですよ」

「わたしもそう思う。でも嘘が下手でね、初めてのボーナスで何か奢《おご》ってって冗談言ったら、電話の向こうでとても慌てていた。それでボーナスの出ない契約社員だと分かった」

母親はふと気づいたように犬養に問い掛ける。

「豊嗣くんは民間医療の団体で代表を務めていたって言ったわね。だったら自動車メーカーはいつ辞めたの」

「二年勤めてからと聞いています。会社の派遣切りに遭ったんですよ」

「派遣切り。あの子の成績が悪かった訳じゃないんでしょ」

「不景気になると、会社は声の小さな人間から切っていくんです」

「そうよね……豊嗣くんは言いたいことも言えない子だったから、そんな時でも一番最初にひどい目に遭う。いっつもいっつもそうだった」

「会社を辞めたことはご存じなかった。その後、豊嗣さんから連絡はあったんですか」

「今から考えると、ちょうどその頃ね。向こうのケータイの番号が急に使われなくなったの」

「以後は音信不通ですか」

「うん。盆暮れにも帰らなくなった」

織田が携帯電話の番号を変えたのが退職の時期と重なるとしても、それが実家との繋がりを断つ理由とは思えない。

「最後に豊嗣さんと話をした時の内容を憶《おぼ》えていますか」

「嘘がバレても、あの子はずっと正社員だと言い張ってたの。それでいつものおまじないを言ってあげた」

「おまじない、ですか」

「子どもの頃から豊嗣くんが困った時にはこれを言ってあげていた。『頑張って』って」

「それだけですか」

「そのひと言が何よりなの。成績が落ちても、クラスの友だちから虐められても、志望校に入れなくても、希望の会社に就職できなくっても、『頑張って』って言い続けてきたのよ。わたしのそのひと言があれば豊嗣くんは何とかなった。だから最後の電話も『頑張って』で締めてあげた」

聞いている最中、軽い眩暈《めまい》を覚えた。

「失礼ですが、何とかなったというのは具体的にどういう状態になったのですか」

「どうもしない。ただ泣き言をやめてくれた」

母親は失笑するように口角を上げる。

「亭主に死なれてさ。母子家庭で一生懸命に働いて、家に帰ってくれば身体はくたくた。それを察したんだろうねえ。豊嗣くんは『頑張って』と言われるともう泣き言を言わなくなった。きっと特効薬になったと思うのよ」

部屋の中はさほど冷房が効いていない。つい先刻までは汗の噴出が続いていた。だが母親の話を聞くと、背中に寒けを感じた。

何が優しい子どもなものか。不安や恐怖を母親が封殺していただけの話ではないか。母子《おやこ》の間に葛藤はない。言葉を交わしていても感情が交わっていない。

さすがに母親だから実態は誰よりも承知しているはずだが、母親失格であるのを認めたくないばかりに自身を偽っている。女心に疎い犬養でも、薫子の歪み具合くらいは判断できる。

母親に礼を言って織田宅を後にする。アスファルトから立ち上る熱気が寒けを追いやってくれた。

「あれ、絶対におまじないじゃありません」

明日香はこちらも見ずに言い放つ。

「あれは呪いの言葉です。自分の力ではどうしようもなくなって、誰かに慰めてもらいたがっている子どもに向かって、ただ『頑張って』だなんて。励ましているんじゃなくて突き放しているだけです」

「突き放されたから離れていった。当たり前だな」

「折角水戸まで来たのに、収穫ありませんでしたね」

「いや、収穫は充分にあった」

父親を亡くし、ひ弱で虐められるしかなかった子どもが社会の荒波に揉《も》まれ、医療機関から理不尽な仕打ちを受け、ついにはクスリに溺《おぼ》れる。抗《あらが》う言葉を持たなかった少年が長じて容貌魁偉の怪僧に変貌する過程を垣間《かいま》見たような気分だった。

「でも容疑者が絞れるような収穫じゃなかったですよ」

「織田豊水の芯《しん》はそれほど強靭《きようじん》でないことが分かった。クスリに溺れるくらいだから決して超人ではなかったし、もしかするとそこらを歩いている一般人よりも脆弱《ぜいじやく》だったのかもしれない。あの容貌と自信に満ちた喋り方は所詮《しよせん》ハッタリだった」

「それが収穫なんですか」

「ああ。殺されたのはラスプーチンなんて怪物じゃなかった。コカインの力を借りなければ、仮初《かりそめ》の教祖にもなれない小心者だったんだ」

犬養と明日香は都内に引き返し、新宿へと向かう。行き先はかつて織田が担ぎ込まれた病院だ。

平間医院は今も新宿駅西口にあった。南通りを直進し新宿中央公園を過ぎると雑居ビルが目立ってくる。日当ての病院は雑居ビルの狭間《はざま》で窮屈そうだった。

いつの開業かは不明だが、全面ガラスのドアは若干白濁し割れた跡が補修されている。内装はベージュ色でまとめられ、ダウンライト主体の照明も落ち着きがある。だが、看護師たちの動きが慌ただしいために雰囲気を台無しにしている。何故か受付女性も眉の辺りをひくつかせて不安げな顔をしている。

彼女に警察手帳を提示した時の反応がまた見ものだった。目を見開き、手帳の写真と犬養の顔を交互に見る。まさか新宿駅近くで開業している病院がいちいち刑事の来訪に驚くはずもないのだが、受付女性の反応は奇異に過ぎた。

「どんなご用でしょうか」

「二〇〇九年六月、ここに織田豊嗣という男性が救急搬送されたはずです。その記録を拝見したいのです」

「その頃のカルテだと残っているかどうか」

カルテの保管年限は五年だ。言い換えれば最終の治療日から五年を経過したものについては破棄しても構わない。そのためカルテの収納場所にも困るような手狭な病院では五年を経過したカルテをどんどん処分してしまう。

「残っているかどうかが確かでないのなら、まず探してもらえませんか」

部内で〈無駄に男前の犬養〉という二つ名をもらっているのは伊達《だて》ではない。初対面の女性に対し、どんな表情を向ければ有効かくらいは心得ている。

束の間の逡巡《しゅんじゅん》の後、彼女は小さく頷いた。

「じゃあ事務局長に確認してみます」

事務局はナースステーションの隣にあると案内されたので、指示された場所に向かう。その間、明日香は非難がましい目でこちらを睨んでいた。

事務局長は川俣《かわまた》という男で最初から犬養と明日香を警戒しているようだった。もちろん個人にではなく警察官という身分に怯《おび》えているに相違なかった。

「二〇〇九年のカルテというのでしたら、かなり時間をいただくことになります」

明らかに迷惑だから、このまま諦めてくれと言わんばかりだ。今まで捜査対象の人間や団体から邪険にされた経験は少なくないが、これほどあからさまなのは久しぶりだった。

その時、ふと七尾の話を思い出した。平間医院は患者に貸し付けた治療費の回収をヤクザ紛いの業者に委託したという話だった。

一度ヤクザと関係を持つと、いつまでも便利屋扱いでは済まなくなる。反社会的勢力のシノギに加担した事実は恐喝のネタにされる。

犬養は戦法を変更した。

「実はこの病院について良からぬ噂を聞きました。患者に貸し付けた治療費の回収を、反社会的勢力に委託したという内容です」

川俣は嘘が下手な男らしく、すぐ表情が悲鳴を上げた。

「ああいう手合いは一度相手の弱みを握ると、骨の髄までしゃぶり尽くそうとします。回収業務の委託をネタに病院の経営にまで口を出してやしませんか」

ほとんど当て推量だったが、どうやら図星だったらしい。川俣は膝《ひざ》から下を小刻みに震わせ始めた。

「病院では医療用麻薬を保管していますよね。それを横流ししろとでも脅かされましたか」

「そんなことをするはず、ないじゃないですか」

川俣は大袈裟《おおげさ》に首を横に振る。大袈裟すぎて余計に嘘臭く見える。

「根も葉もない話だと仰《おっしゃ》るんですね」

「当たり前でしょう」

「それなら潔白を証明する意味でも当該のカルテを探していただけませんか。ご協力いただけないと、疑わなくてもいいことまで疑ってしまいます」

どうやら進退窮まったらしく、川俣は俯《うつむ》いて思案に暮れている。

「念のため、カルテの保管場所に同行させてください」

川俣の退路を断つための提案だが、もちろん拒否などさせるつもりはない。

「さあ、案内してください」

有無を言わさず川俣を立たせ、両側から挟むようにして同行する。

川俣が動揺した様子から、平間医院が医療用麻薬を横流ししたというのも図星らしい。とんだ棚から牡丹餅《ぼたもち》だが、このネタは恩返しとして七尾へ流してやるべきだろう。もっとも七尾のことだから、この程度の事実はとうに摑んでいるかもしれない。

カルテの保管室は薬局の隣にあった。二畳ほどの狭い空間にキャビネットが並び、三人も入ると見動きすら難しくなる。

案に相違して五年を経過したカルテはことごとく破棄されているようだった。

「ご覧の通り、やはり処分してしまったようです」

川俣は半ば安堵《あんど》し半ば怖れながら言う。証拠の提出は免れたものの、犬養たちの怒りを買いはしまいかと慄《おのの》いているのだ。

散々後ろ暗いことをしているのなら保管年限もいい加減にしてほしかったのだが、だからこそ書類関係はきちんとしておきたいのかもしれない。

「当該の患者は生活困窮者であったために治療費を平間医院から借り入れていたはずです。そういうケースは貸借関係が絡むので別保管になるんじゃありませんか」

未だに怯えている川俣にぐいと顔を近づける。女には受けがよくても、睨みつければ相当に凶悪な顔になるのも承知している。

「協力していただけなければ半強制的に捜査する手段もない訳じゃありません。しかしその場合、我々を家宅捜索に追い込んだあなたの責任になる」

ますます川俣は追い詰められた恰好《かっこう》になり、やがて諦めたように一番奥のキャビネットを開いた。

「多分、これだと思います」

差し出されたカルテには患者名に〈織田豊嗣〉とあった。

「お借りします」

万が一患者本人が目にしても即座に判読できないようにする目的なのか、カルテは医学用語が羅列してある上、悪筆であるものが多い。織田のカルテも例外ではなく、読みにくいことこの上なかった。

ただし、治療にあたった主治医や看護師の氏名だけは克明に読み取れる。

そのうち一人は、犬養も知っている人物だった。

4

七月二十六日、〈ナチュラリー〉のホームページに毬谷事務局長のコメントが更新された。

『今月二十日に主宰の織田豊水が他界した際には数々のご厚情を賜り、誠にありがとうございました。会員の皆様には指導者不在の時期が続き、さぞご不安になられたことと存じます。本来であれば速やかに後継者を発表しなければならないところですが、思いのほか時間が掛かってしまったことをお詫《わ》び申し上げます。

主宰は旅立たれてからも絶えずわたしたちと会話を継続されていました。会を存続させるために必要な精神とは何か、主宰の後継に必要な資質とは何なのか。主宰との会話を通して、わたしたちは改めて会の存在意義を噛《か》み締めたのです。

本日七月二十六日、当〈ナチュラリー〉は事務局長毬谷貢を主宰代行として運営を継続することを決定しました。会員の皆様には引き続き道場での自由診療をお約束します。』

ホームページを眺めていた明日香は同情とも嫌悪とも取れるような顰《しか》め面をしていた。

「まるで教祖を亡くした新興宗教の声明だな」

肩越しに覗いていた犬養は本音を吐露してみせる。〈ナチュラリー〉が民間の治療施設でありながら、宗教団体の一面を持っているのは既に周知の事実だった。

「これで織田に子どもでもいたら、その子に教祖を襲名させて事務局長は後見人にでもなるつもりだったんでしょうか」

「彼女に権力志向があるかどうかはともかく、会を存続させようとしたらこうする以外に方法はなかったんだろうな」

宗教色の強い団体や組織にはカリスマ性のあるリーダーの存在が不可欠だ。存在しなければ求心力がなくなる。毬谷としては織田亡き後、後継者問題に頭を悩ませたに違いない。

「主宰代行となることで彼女に対する批判も出るんでしょうね」

「あの事務局長は織田ほど押しが強くないからな。最初はきっと揉《も》めるさ」

おそらく毬谷も信者たちの困惑は織り込み済みだろう。それが分かっていながら自ら代行を務めなければならない事情には少なからず同情を禁じ得ない。

「今頃は本部にマスコミ各社が押し掛けているだろうな」

犬養は話しながら椅子に掛けていたジャケットを摑む。

「行くぞ」

蛇が棲《す》んでいようが鬼が待ち構えていようが警察官には関係ない。するべき捜査があり、会うべき参考人がいるだけだ。

明日香は小さく嘆息すると、犬養の後に続いた。


予想通り〈ナチュラリー〉本部前には十重二十重に人だかりができていた。

「事務局長、お話を伺いたいのですが」

「会員に何の相談もなく主宰代行を決めた経緯をお聞かせください」

「事務局長は織田豊水氏の遺志を継げるという自信があるんですか」

「ひと言お願いします」

「何かひと言」

閉じられた玄関ドアにいくつものマイクやICレコーダー、カメラがわらわらと突き出されている。彼らも仕事なのだろうが、見ていて決して気持ちのいい光景ではない。〈ナチュラリー〉がインチキ医療であるか否かは関係なく、彼らはその主宰者の死を早くも消費しようと手ぐすね引いているのだ。

死者を嘲笑《ちょうしょう》し愚弄《ぐろう》する権利をいったい誰が有しているのだろうか。犬養は割り切れぬ気持ちのままインターフォンのボタンを押す。

「警視庁の犬養と高千穂です」

しばらくの沈黙の後、毬谷の声が返ってきた。

『お入りください』

ドアが細めに開けられ、毬谷がちらりと顔を覗かせる。犬養と明日香はようやく本部の中に入ることができた。

「ご苦労様です」

心なしか毬谷は憔悴《しょうすい》している様子だった。以前ほど声に張りがなく、疲れが顔に出ている。

「お取込み中だったみたいですね」

「朝から会員様やメディアの皆さんの問い合わせに対応しているんですけど、わたしやスタッフだけではとても手が足りなくて……さっき電話の回線を切ったところです」

疲れた声だが、どこか清々とした響きも聞き取れた。

「マスコミはともかく、会員は好意的に受け取るんじゃないかと思っていましたがね」

「織田のカリスマ性には敵いませんよ」

毬谷は自嘲するように言う。

「会の存続のために、しばらくはわたしが主宰代行をするしかないと考えてあんな声明を出しましたが、所詮《しょせん》わたしは普通の人間です。織田の代役は荷が重いようです」

「毬谷さんはいつも織田さんの傍にいて薫陶を受けていたとばかり思っていたんですがね」

「キリストの使徒たちはあくまでも使徒であって、彼らは決して神にはなれませんでした」

犬養は毬谷の自嘲に同意する。所詮、人は神にはなれず、神のごとき振る舞いをするのはただの偽者に過ぎない。

「外部からご批判をいただくのは覚悟していたのですが、意外だったのは会員様からのバッシングです」

「会員さんなら会の存続には諸手《もろて》を挙げて賛成しているんじゃないですか」

「抗議電話の三分の二は会員様からのものです」

毬谷の自嘲は止まない。

「会を私物化するつもりなのかとか、お前では織田主宰の代わりは務まらないとか、挙句の果てにはお前が主宰の座欲しさに織田を殺したのだろうとか。今まで織田に向けていた畏敬《いけい》の念が、全て憎悪に変換されて向かってきたような気がします」

「拠《よ》り所を失った不安を別の感情で紛らせようとしているんでしょう。よくあることですよ」

「他にも民間の医療団体の捜査をしたことがあるような言い方ですね」

「医療団体に限らず、人が営むものは大抵がそうですよ。いや、人自身も同じですかね。織田豊水氏は拠り所を失っていたから違法薬物に手を出して不安を誤魔化していたのだと、わたしは考えています」

「いくら亡くなったからといって、主宰の人格を貶《おとし》める発言は控えてください」

「先日、水戸に行ってきました。織田豊水、いや織田豊嗣氏のお母さんに会ってきたんです」

毬谷は虚を突かれたようにこちらを見た。

「主宰の、お母さん」

「その様子では彼の母親が存命だったのを知らなかったみたいですね」

「ええ。本人から、自分は天涯孤独だと聞いていましたから」

頑張れとしか言わない母親を持つよりは天涯孤独の身の上の方がいいと思ったのか。いずれにしても、織田豊水の名前を得た豊嗣が〈ナチュラリー〉以前の過去を誰にも知られたくなかったのは想像に難くない。

「母親は彼が苦難から逃げるのを許そうとしませんでした」

犬養は薫子から聞いた豊嗣像を語ってみせる。毬谷は嫌悪感を露《あら》わにしながらも好奇心も隠せない様子だった。

「心理学に詳しくなくても、人の子なら分かる。実の母親にも弱みを見せられず、逃げ帰ることも許されない気の弱い少年が不景気の煽りで就職に失敗した。その後は派遣切りに家賃滞納、挙句の果てにホームレス。そういう人間が薬物に手を出すというのは決して珍しい話じゃない。しかし、そういう人間が医療団体の主宰を務めるという話は大変珍しい」

「主宰の経歴詐称のことを責めているのですか」

毬谷は俄《にわか》に険しい顔つきになる。

「留学や外国の大学を卒業したという触れ込みが虚偽であったのは、わたしたちも事件の後で知ったのですよ。あなたに責められる筋合いはありません」

「経歴詐称に関してはそうかもしれません。しかしコカイン吸引は別です。織田豊水がこの本部建物内でコカインを常習的に吸引していたのは確実です。ひとつ屋根の下に暮らしていたあなたがその事実を全く知らなかったというのは考え難《にく》い。毬谷さん。あなた、本当はご存じだったんでしょう」

他の幹部ならいざ知らず、毬谷は織田の身の回りの世話もしていた。コカインの常習に気づかないはずもなく、それを否定すれば身の回りの世話をしていたという証言自体が眉唾《まゆつば》になる。

「……薬物の摂取については必要悪だと思っていました」

「どういう意味ですか」

「コカインは医療にも使われています。医療に従事している以上、その効能を確認しておくのは義務の一つだと言われました」

「呆れたな。あなたはそんな屁理屈《へりくつ》で納得したんですか」

「わたしは気づいたんです」

もう隠すつもりはないらしい。

「主宰の言動には一定の波のようなものがありました。会員様に対して雄々しく熱弁を振るっていたかと思えば、次の日には何やら気落ちしていて、気力が一定しないようでした。観察していると薬物を摂取した日は調子がよくて、しばらくすると反動がきたみたいに落ち込むのだと分かりました」

「それで薬物の使用を黙認したんですか」

「主宰に接した犬養さんなら理解してくれると思います」

毬谷は共犯を求めるような目でこちらを見る。

「興に乗った主宰の弁舌は聴く者を圧倒する力がありました。あれは決して薬物由来のものではなく、主宰自身に備わった能力でした。ただ、その能力を常態化するのに薬物が必要だっただけです」

「だけですって……れっきとした違法行為でしょう」

「それで何人もの会員様が救われるのなら大したことではありません」

「本気で言っているんですか」

「少なくとも治療にコカインは使用しませんでした」

それが最低限の職業倫理という言い方は滑稽《こっけい》に過ぎた。それで確かめてみたくなった。

「織田豊水氏は亡くなりました。あなたも現状のままで〈ナチュラリー〉を存続できるとは考えていないでしょう」

「……無理があるのは認めざるを得ません。さっきも弱音を吐いたばかりですし」

「〈ナチュラリー〉の自由診療は医学的に根拠があるものではなく、多分に織田豊水の言説に誘導されたものであることを認めるんですね」

「医学的根拠というのは、そんなに大事な要素なのでしょうか」

開き直ったかのように毬谷は抗弁する。

「医学的根拠のない治療でも桜庭梨乃さんは完治しました。患者さんたちにとって重要なのは完治することです。医学的根拠は大して意味がありません」

「それが医療法に反することでもですか」

「医療法を遵守して死ぬのと、法の埒外で治療して完治するのとで有意義なのはどちらでしょうか」

やはりそうきたか。

「民間医療に従事している毬谷さんならではの意見ですね。それは標準治療に対する挑戦状でもあるのですよ」

「標準治療が万全なものだとは思っていません」

これも予想していた回答なので犬養は気にも留めなかった。

「本日伺ったのは、捜査にご協力をお願いしたかったからです」

「あの夜の出来事についてはもうお話ししました。わたしは寝ているところを襲われ、目隠しをされたので何も見ていませんし、犯人の声も聞いていません」

「しかし犯人の手があなたに触れたはずです。目隠しされるくらいですから、息もかかったでしょう」

毬谷は眉間《みけん》に皺《しわ》を寄せて不快感を示す。

「また一瞬なりとも密着したのであれば、犯人の体臭も嗅《か》いだはずです」

「そんなもの、嗅いでいません」

「視覚や聴覚は記銘されやすいのですが、嗅覚《きゅうかく》や触覚はされにくい。しかし記憶には残るんです」

「犯人に出逢《であ》ったら、体臭で思い出すとでもいうんですか」

「極端な話ですが、そういう事例もない訳じゃありません。とにかくあなたは犯人と接触したただ一人の証人なんです。織田豊水氏殺害の犯人を逮捕するには、あなたの協力が不可欠なんです」

犯人逮捕のためと言われれば断る理由もない。案の定、毬谷は渋々といった体で頷いた。


犬養たちが毬谷を連れてきたのは帝都大附属病院だった。

「捜査協力というのは、このことですか」

早速、毬谷は非難がましく犬養を睨んだ。

「〈ナチュラリー〉はこういう大学病院を頂点とした標準治療に対するアンチテーゼであると規定する人がいます」

「生前の織田豊水氏の言説やホームページにある創立意義を読めば、そう取る者がいても不思議じゃないでしょう」

「主宰代行であるわたしは標準治療の天敵のように思われています」

「まさか怖気づいたんですか」

今まで黙っていた明日香が挑発気味に話し掛ける。無論、毬谷が挑発に乗るのを見越しての誘い水だ。

「大学病院だからという理由だけで拒絶したら、それこそ〈ナチュラリー〉が標準治療のアンチテーゼであり、しかも正論から逃げているように思われますよ」

女性同士だからだろうか、やはり女を挑発する手管は明日香の方が上手い。毬谷は犬養に向き直る。

「いいでしょう。行きます」

先導するかたちで犬養は一階受付を横切り、廊下をずんずん歩いていく。週一で通っている病院なので、自宅の庭のようなものだ。

ナースステーションに足を踏み入れると、中にいた岩井看護師と目が合った。

「ああ、犬養さん。沙耶香ちゃんのお見舞いですか。あと一時間もしたら計測の時間ですけれど」

「いいえ。今日は警察の仕事で伺いました」

岩井看護師は毬谷に視線を移す。

「そちらの方は」

「〈ナチュラリー〉という自由診療団体の本部で主宰者が殺害された事件をご存じでしょう。その団体の事務局長さんですよ」

途端に岩井看護師は不機嫌そうな顔をした。

「そう言えば、ウチを退院した庄野祐樹くんがインチキ医療で命を落としたと聞きました。その団体なんですね」

「インチキ医療とは聞き捨てなりませんね」

毬谷はすぐ臨戦態勢に入った。

「確かに当会は庄野祐樹さんをお世話しましたが、本人もご両親も大学病院での治療に不満があったから入会されたのです。治療の甲斐《かい》なく亡くなってしまいましたが、あれは標準治療が病気の進行を速めた典型例だと主宰は仰《おつしや》っていました」

「自分のインチキ医療は棚に上げて病院批判ですか」

「そちらこそ自らの医療レベルの低さを棚に上げて、当会をインチキ医療と決めつけているじゃないですか。そういう横暴さが標準治療をダメにした原因だと分からないんですか」

「横暴云々《うんぬん》ではなく、医学的知識の有無の問題でしょう。現代医学は万能じゃないけれど、その代わりできることとできないことがはっきりしている。でも自由診療や民間医療なんて、その判別すら曖昧《あいまい》じゃないですか。効果が不明な治療を患者に施すなんてインチキ以外の何物でもない」

「大学病院だって試験という名目で効果が不確かな治療に高額な治療を施しているじゃありませんか」

「患者さんに無理に押し付けているものではありません。あくまでも担当医と患者さん、そしてご家族と相談の上で治療に当たります。最初から高額な治療代を要求するあなたたちと一緒にしないでください」

「会員様と相談して入会を決めるのは〈ナチュラリー〉も一緒です。岩井さんの言い分を聞いていると、まるでウチが詐欺やペテンを働いているみたいじゃないですか。証拠もない癖に名誉毀損《きそん》も甚だしい。あなたのような看護師の勧める病院だから庄野祐樹さんは見限ったのかもしれませんね」

「言うに事欠いて何てことを」

岩井看護師は一歩足を踏み出す。彼女も完全に臨戦態勢だ。

「わたしはともかく、帝都大附属病院には信用と実績と歴史があります。昨日今日できたばかりの民間医療団体とは違います」

「末期患者も救えない癖にですか。わたしたちは桜庭梨乃さんという患者さんを見事に完治させたのですがね」

「犬養さん」

不意に岩井看護師はこちらに向き直る。

「どうして、この人を連れてきたんですか。警察の仕事って捜査のことですよね。ナースステーションで何の捜査をするというんですか」

「捜査というか、これは確認事項だったんです」

「何の確認ですか」

「織田豊水氏の殺人が半分は狂言であったことのです」

犬養は毬谷に向き直る。

「毬谷事務局長。織田豊水氏が殺害された夜、あなたは犯人に目隠しと拘束をされて布団の上に転がされたという話だった。建物内に侵入したというのに犯人のものらしき足跡も発見されず、二カ所に設置された防犯カメラも無効化されていた。手慣れた仕事だ。しかも織田豊水がコカインを注射した直後を狙って、道場に備えつけてある根気棒で殴り殺している。証拠の隠滅に凶器の選択。内部に手引きをした人間がいるとしか考えられない」

「わたしが手引きをしたっていうんですか。わたしは目隠しと猿轡《さるぐつわ》をさせられた上に、身動きできないほど強く縛られて」

「ええ、ところどころに二重の止め結びのある、自力では到底できない縛り方でした。だから捜査本部ではあなたの証言をいったんは信用してしまった。しかし共犯者がいれば話は別です。織田氏がコカインで意識朦朧《もうろう》としている頃合いを見計らって玄関から犯人を招き入れる。おそらく犯人は会員用のスリッパを履いて道場に侵入、共謀して織田氏を根気棒で殴殺した後、あなたを縛り上げ、堂々と玄関から退出する」

「どうかしている」

毬谷は今までになく強い調子で犬養に抗議する。

「共犯者がいるですって。それならここに連れてきてみなさいよ」

「毬谷事務局長。岩井さんとは初対面でしたよね」

「そうよっ」

「しかしさっきの話の最中、あなたは岩井さんと呼んでいました。わたしは一度も彼女を紹介していませんよ」

その瞬間、毬谷の表情が固まった。

「ネームプレートを見て」

慌てたように岩井看護師を見る。だが彼女の白衣にネームプレートなどなかった。

岩井看護師の表情もまた固まっていた。

「この病院では感染予防の観点から職員は誰もネームプレートをしていません。では、どうして初対面であるはずの岩井さんをあなたはご存じだったのか。当然です。何しろお二人は実の姉妹なのですから。お二人の戸籍を調べて古い名前に辿り着きました。汲田允と静江の間に生まれた姉妹。長女汲田貢、次女汲田麻友子。父親が病死し、母親がその後を追うようにして亡くなると、麻友子さんは母親の実家である岩井家に引き取られ、貢さんは父方の叔父である毬谷家の養子となりました。こうしてお二人の苗字《みようじ》は変わりましたが、変わらないものもあった。父親に保険適用外の高額医療を勧めたにも拘《かか》わらず病死させてしまい、それどころか一家が離散する原因となった帝都大附属病院への恨みです」

岩井麻友子の顔つきが一変する。仕事熱心な看護師から決して復讐《ふくしゆう》を諦めなかった執念深い娘の顔になる。

「先ほど言った確認事項というのは、あなたたち姉妹がその事実を隠蔽《いんぺい》しているか否かという趣旨でした。半分は賭《か》けだったんですよ。もしあなたたちが最初から姉妹であることを隠そうとしなかったなら、こちらの突破口も容易には見出《みいだ》せなかった」

「……どうやってわたしに行き着いたんですか」

「織田氏の過去を探っていくと、彼はホームレスをしていた頃に栄養失調と肺炎を併発して新宿の平間医院に担ぎ込まれました。その時のカルテがまだ残っていましてね。カルテには治療に当たった担当看護師の氏名も記載されていました。そう、岩井さん。あなたの名前です。あなたはそこで織田豊嗣という恰好《かつこう》の操り人形を見つけた」

実際、岩井麻友子と織田豊嗣の繋がりを見つけると後は簡単だった。岩井麻友子の戸籍を調べて毬谷貢との姉妹関係に行き着くのはあっという間だった。

姉妹が離れ離れになる経緯もそれぞれの実家で確認できた。父親汲田允が帝都大附属病院で亡くなったのもすぐに知れた。

「あなたたち姉妹は長い期間、帝都大附属病院への復讐を計画していた。それが〈ナチュラリー〉という自由診療の団体に、病院の患者を移すことだった。庄野祐樹くんだけじゃない。一度は検査した四ノ宮愛実のカルテも姉の貢さんに渡し、彼らを〈ナチュラリー〉に勧誘させた。違いますか」

問われた岩井はしばらく沈黙していたが、やがて傲然《ごうぜん》と言ってのけた。

「少し違っています、犬養さん」

「どこがですか」

「確かにわたしたちは帝都大附属病院を恨んでいました。でも復讐の対象は標準治療そのものだったんですよ」

5

北沢署に連行された岩井麻友子の供述は次の通りだった。

「織田はそれなりの学歴を持ちながら正社員にもなれず、その家庭環境からか承認欲求と劣等感の混在した、扱いやすい人間でした。標準治療に復讐する手立てを考えていたわたしたち姉妹にとって、将来役立つに違いない人間だったんです。平間医院が貸し付けた治療費の回収状況を聞いていたわたしは織田がコカインの味を覚えたことを知り、彼を傀儡《かいらい》にする決心をしました。仕事柄、コカインを入手しやすい立場だったので、織田を飼い馴《な》らすのにさほど手間はかかりませんでした」

「織田を殴殺したのはどちらだったんですか」

「貢です。姉の方が織田の行動パターンを熟知していましたから。せめて二人で殺そうと提案しましたけど、姉は一人でできるからと聞きませんでした。昔から、責任感の強い性格でした」

取り調べに当たった犬養の質問に、岩井は抗《あらが》うことなく応じる。

「帝都大附属病院のみならず、他の病院の重篤患者のデータも収集していましたね」

「今は同意を得られた患者さんのカルテを電子化して医療機関で共有できるシステムが確立されているんです。わたしはそのデータを貢に渡しさえすればよかった」

「患者の引き抜きは標準治療への復讐だと言ってましたよね」

「わたしたちの家庭をムチャクチャにした標準治療に対する意趣返しのつもりでした。〈ナチュラリー〉が多分に新興宗教じみた形態になったのは、貢の幼児体験にヒントを得たからです。宗教を絡めると人は騙《だま》しやすいんです。織田を見つけた後、わたしは何度も帝都大附属病院への再就職を試み、姉は〈ナチュラリー〉の創立に奔走しました。そういう役割分担だったんです」

幼い頃、新興宗教に走った祖母を間近に見ていた貢は、皮肉にもその手管を自然と学習したのだ。

「〈ナチュラリー〉はわたしたち姉妹にとって人形から舞台装置に至るまで完璧《かんぺき》に仕上げた庭のようなものでした」

「標準治療で完治しなかった患者からインチキな自由診療で更に搾り取る。復讐にしてはひどく歪《ゆが》んでいますね」

「病院側がどんなに高度な医療技術を誇ったところで、最後はインチキ医療に流れる患者を見て標準治療そのものを嘲笑したかったんです。案に相違して桜庭梨乃さんが完治したのは勿怪《もっけ》の幸いでした」

「折角主宰に担いだ織田豊水氏を殺さなければならなかったのは何故ですか」

「コカイン使用が常態となり、主宰としての役目が果たせなくなりつつあったのが一つ。もう一つは、織田自身が織田豊水という虚像に押し潰され、マスコミにカミングアウトしそうになっていたからです」

「本人がそう吐露したのですか」

「はい。織田はわたしたちを脅迫し始めたのです。今よりも自分の取り分を多くしろ。売人からコカインを入手するのが面倒になったから、常時供給しろと要求されました。織田のカリスマ性はわたしたち姉妹が創り上げたものでしたが、操り人形は自分に纏《まと》わりついていた操り糸を断ち切ろうとしていました。操り手の命令を拒否する人形は脅威でしかありません」

「織田の殺害に躊躇《ちゆうちよ》は覚えなかったのですか」

「両親を亡くした瞬間から、わたしたち姉妹は怪物になりました。満たされない承認欲求を抱えながらカリスマに仕立てられた織田もやっぱり怪物化していました。怪物が怪物を屠《ほふ》るんです。躊躇はあまり感じませんでした」

「庄野祐樹くんと四ノ宮愛実さんの遺族に悪意の手紙を送ったのもあなたたちですか」

「はい。織田に殺人の動機を持つ人間を作っておきたかったんです」

岩井麻友子は供述の最中、ほとんど感情を見せなかった。これは姉の毬谷貢も同様だ。二人とも平然と日常生活を送りながら心の中では緊張を強いられていたのだろう。全てを暴かれたことで、ようやく緊張の糸が切れたのかもしれない。

「最後にお訊きします。庄野祐樹くんはあなたの担当患者だった。彼の身を〈ナチュラリー〉に差し出すことに逡巡《しゅんじゅん》はなかったのですか」

「逡巡はありませんでした」

岩井麻友子は事もなげに答えた。

「自分たちの創り上げた〈ナチュラリー〉が真っ当な医療団体でないのは百も承知しています。でも、祐樹くんを殺そうなんて考えたことはありません。そもそも帝都大附属病院の標準治療の犠牲になった一人という捉え方をしていましたから。それにね、犬養さん。桜庭梨乃さんだけじゃなく、標準治療から見放された患者さんの症状が〈ナチュラリー〉で緩和される事例もあったんです。庄野祐樹くんを送り出したのは、わずかな可能性を与える意味もあったんです。どうか、それだけは信じてください」

いかにも自己陶酔めいた弁明だった。

だが犬養は不思議に信用したくなった。復讐に駆り立てられた姉妹がわずかでも良心を残していたと思いたかったのだ。

姉妹を送検した犬養は、いつも通り沙耶香の病室を訪ねた。

「よお」

「よお」

沙耶香は同じように返してきたが、どこかぎこちなかった。当然かもしれない。担当だった岩井麻友子が庄野祐樹の死に関わっていたと知れば、心中穏やかであるはずがなかった。

「元気そうだな」

「……見え透いた嘘を言うなあ」

「嘘だと分かるのか」

「誰の子どもだと思ってるのよ」

日に日に口調が母親に似てくる。懐かしくもあり、切なくもある。

「お前には不本意な解決だったか」

「最初の約束、憶えてる？」

「『祐樹くんが病死じゃないなら、本当のことを突き止めて』」

「それを守ってくれたから、いい」

「祐樹くんとご両親が〈ナチュラリー〉の門を叩《たた》いた件は納得できるか」

「病気を治したいっていう気持ちはみんな一緒だもの。祐樹くんたちの選択が間違っていると言うのは簡単だけど、それを言えるのは自分や家族が重い病気に罹っていない人だけだと思う。藁《わら》にも縋《すが》るっていう言い方あるでしょ。わたし、それすっごく分かるもの」

二人の間に沈黙が下りる。黙っているのが苦痛になり、犬養が先に口を開いた。

「お前さえ望むなら、この病院だけじゃなく自由診療も試して」

「嫌」

沙耶香は犬養の言葉を遮って言う。

「インチキ医療と闘った刑事さんが、そんなこと言わないでよね」

犬養は二の句が継げずにいた。

「カッコつける訳じゃないけどさ。今もこの病院の中で不治の病の治療法を一生懸命に探しているお医者さんがいるんでしょ」

「ああ。いる」

「お医者が一生懸命なのに、患者のわたしが逃げちゃったらダメじゃん。あのね、お父さん。祐樹くんが退院の挨拶に来た時、何となく済まなそうな顔をしてたの」

そうだったのか。犬養はまるで注意を払わなかった。

「今なら分かる。祐樹くんも病院の先生たちに申し訳ないと思ってたんじゃないかな。自分一人が逃げるみたいな気持ちになって」

ますます大人びたことを言う。

沙耶香は父親が思う以上に成長しているのかもしれない。

「逃げるのも選択肢の一つよね」

「ああ、そうだ。自分の命だから、当然本人に選ぶ権利がある」

もっとも俺に相談してほしいが……そう付け加えようとした瞬間、沙耶香は高らかに宣言した。

「でも、わたしは選ばないから」

初出

「小説 野性時代」二〇一九年八月号〜二〇二〇年五月号

本書は、右記連載に加筆修正を行い、単行本化したものです。

中山七里（なかやま　しちり）
1961年、岐阜県生まれ。2009年『さよならドビュッシー』で第８回『このミステリーがすごい！』大賞を受賞し、デビュー。同作は映画化されベストセラーとなる。緻密に練り上げられたストーリーと意外性のあるラストで人気を博し「どんでん返しの帝王」の異名を持つ。近著に『復讐の協奏曲《コンチェルト》』『隣はシリアルキラー』『テロリストの家』などがある。本作は『切り裂きジャックの告白』『七色の毒』『ハーメルンの誘拐魔』『ドクター・デスの遺産』『カインの傲慢』に続く、「刑事犬養隼人」シリーズ、第６弾。

ラスプーチンの庭《にわ》

2021年１月29日　初版発行
2021年３月２日　再版発行

著者／中山七里《なかやましちり》

発行者／堀内大示

発行／株式会社KADOKAWA
〒102-8177　東京都千代田区富士見2-13-3
電話　0570-002-301（ナビダイヤル）

印刷所／大日本印刷株式会社

製本所／本間製本株式会社

ISBN 978-4-04-110905-2　C0093